한국 희곡 명작선 30

두 영웅

한국 희곡 명작선 30

두 영웅

─ 사명대사와 도쿠가와 이에야스 ─

노경식

평민사

노경식

두 영웅

SKT 🔗 ▦ ▷ ...　　　　🖧 .ıl 75% 🔋 오후 1:49

✕　댓글　　　　　　　　⋮　💬
　　m.facebook.com ▾

📷⁹⁺　👥⁵　💬¹　🔔²²　🔍　　☰

　👤　노경식
　　　10월 6일 오후 11:43 · Facebook for Android · 🌐　　•••

나의 自畵像

80평생 쌓은 塔이
광대놀음 글일레라

세상사 둘러보고
역사를 찾아보고

묻노라 太平煙月은
어디쯤 있는가.

2017년 丁酉 10월 3일 開天節 --

두 영웅 (11장)

— 사명대사와 도쿠가와 이에야스 —

작	노경식
예술감독	김도훈
연출	김성노
협력연출	이우천

● 공연극본 (초연)

● 2016.02.19~28

● 아르코예술극장 대극장 (대학로)

공동기획/ 제작

한국문화예술위원회 스튜디오 叛 극단동양레퍼토리

전라도 황톳길의 소달구지같이

임 영 웅 | 연출가, 대한민국예술원 회원

〈두 영웅〉 – 극작가 노경식 등단50년 기념대공연을 축하합니다!!

下井堂 노경식 선생과 연극 인연은 1970년대 초로 거슬러 올라간다. 일찍이 그의 첫 장막극 〈달집〉(1971)을 연출해서 명동국립극장에 올리게 된 것이 첫 인연. 〈달집〉 공연은 작품성과가 좋아 그해의 '백상예술대상'에서 작품상을 비롯하여 여자주연상(백성희) 여자조연상(손숙) 연출상(임영웅) 희곡상 등을 휩쓸다시피 했으니 햇병아리(?) 작가로서는 화려한 데뷔라고 하지 않을 수 없었다. 그래서 내가 어쩌다가 우스갯소리로 하는 말이, "노경식 〈달집〉은 임영웅을 만나지 못했으면 몇 년은 더 걸렸을지도 모르지! ㅎㅎ…"

그로부터 노경식과의 인연은 어느덧 50년 세월을 훌쩍 넘어 오늘에 이르기까지 크게 얼굴 한 번 붉히는 일도 없이 다정하게 살아오고 있다. 그뿐만 아니다. 나는 노경식의 희곡을 그 이후 세 작품이나 더 연출하게 됐으니 인연치고는 보통이 넘는다 할 것이다. 〈黑河〉(국립극단 78), 〈하늘만큼 먼나라〉(산울림 85), 〈침묵의 바다〉(국립극단 87) 등. 한 극작가의 작품을 4편 연출한 것은 임영웅 나로서는 처음 있는 일이 아닌가 한다. 그런 의미에서는 나는 그의 작가적 실력과 기량을 충분히 믿고 있으며, 또 인물의 됨됨이와 인격을 신뢰한다고 말해서 크게 어긋나지 않는다고 생각한다.

노경식의 희곡작품 40여 편 중에서 반수 이상이 '역사극'을 차지한다. 그것은 작가로서 그의 역사인식이 투철하고 역사에 관한 천착이 깊음을 의미한다. 우리나라 유사 이래 최대의 國難인 '임진왜란'을 시대배경과 소재로 한 역사극도 자그만치 6편이나 된다. 그 가운데서 〈두 영웅〉(2007)이 맨 나중에 탈고한 작품인데, 요번에 등단50년 기념작으로 脚光을 받게 됐으니 경하할 일이고 기대하는 바 크다. 而立의 30대 시절에 좋은 인연으로 만나서 임영웅은 이미 벌써 八旬을 넘어섰고, 노경식은 내일모레 80 고개를 앞둔 歲數로 알고 있다. 일찍이 故 車凡錫 선생님이 1980년대 무렵에 언급하신 노경식 短評을 인용하면서 이 賀詞를 끝맺기로 한다.

"작가 노경식은 허리는 약간 구부정하고, 전라도 시골의 황톳길을 걸어가는 소달구지 같다. 믿음직하고 소박하고 진솔한 걸음걸이로 너무 빠르지도 않고 너무 느리지도 않게—"

감사하고 또 감사합니다!

올해 2016 丙申年은 극작가로서 연극인생을 시작한 지 51년째! 지난 세월 반백 년의 風霜을 回憶하자니 만감이 교차합니다. 인제는 나도 내일모레 80 고개를 넘어가는, 외롭고 쓸모없는(?) 황혼 길을 걸어가고 있어요.

전라도 '남원 촌놈'이 50년대 말, 아직은 6.25전쟁의 상채기와 혼란이 채 가시지 않은 암담한 시절에 서울까지 올라와서 청운의 뜻을 품고 대학에 들어가고, 그것도 문학예술과는 한참 먼 거리의 경제학과에 입학했다가 어찌어찌 졸업이라고 하고는 그냥 낙향해서 2년간의 하릴없는 룸펜생활. 그러다가 어느 날 우연찮게 한 신문광고를 보고는 또 한번 서울 바닥에 뛰쳐 올라와 가지고, 남산 언덕배기에 있는 드라마센터 연극아카데미(극작반)에 무작정 발을 들여놓은 것이 노경식의 'My Way'이자 촌놈 한평생의 팔자소관이 된 것. 어린 시절, 나의 고향집은 읍내 한가운데에 있었다. 곧 남원읍(시)에서는 제일 번화한 곳으로 잡화상 가게와 여러 음식점, 중국집, 그리고 하나밖에 없는 문화시설 '南原劇場'도 거기에 있었고, 몇 걸음만 더 걸어가면 시끌벅적한 장바닥(시장통)과 〈춘향전〉에서 유명한 '廣寒樓'의 그 옛건물 역시 지척에 있었다. 일 년에 한두 차례 울긋불긋 포장막으로 둘러치고 밤바람에 펄럭이는 가설무대로 온 고을 사람들을 달뜨게 하는 곡마단(서커스) 구경을 빼고 나면, 남원극장에서 틀어주는 '활동사진'(영화)과 악극단의 '딴따라' 공연만이 유일한 볼거리요 신나는 오락물이다. 그리고 해마다 4월 초파일에 열리는 '남원춘향제' 때면 天才歌人 임방울과 김소희 선생 등을 비롯해서 전국에서 몰려드는 내로라하는 판소리 명창과 난장판의 오만가지 행색 및 잡것들. 신파극단의 트럼펫 나팔소리가 〈비 내리는 고모령〉이나, "울려고 내가 왔던가 웃으려고 왔던가/ 비린내 나는 부둣가에 이슬 맺은 백일홍…" 하고 절절하게 울려 퍼지는 날이면 어른 아이, 여자와 늙은이 젊은이 할 것 없이 달뜨지 않은 이가 뉘 있었으랴! 그런 것들이 아마도 철부지 노경식으로 하여금 위대한 극예술(?)과의 첫 만남이었으며, 또한 내 피와 영혼 속에 알게 모르게 어떤 接神의 한 경지가 마련된 것이 아니었을까…

지금까지 집필한 연극작품을 헤아려보니 장단막물 합쳐서 모두 40편을 넘는다. 많다면 많고 적다면 적은 숫자. 여기서 나는 십수 년 전, 〈노경식연극제〉(舞天劇藝術學會 주최, 2003)의 '작가의 말'에서 피력한 소회의 일단을 옮겨놓기로 한다.

"이들 가운데서 그래도 '쓸 만한 작품'이 몇이나 되고, 뒷날까지 건질 수 있는 것은 참으로 얼마나 될까? 때로는 사계의 연극인과 관객들로부터 좋은 평가를 받은 물건(?)도 너댓 편은 되는 것 같기도 한데, 과연 그런 평가들이 먼 훗날까지 이어질 수가 있으며, 또한 우리나라의 연극예술과 극문학 발전에 작은 보탬이라도 될 수 있는 것일까! 나름대로는 열심히 살아왔구나 하는 생각도 들고 위안도 되나, 오히려 민망함과 부끄러움이 앞선다. 연이나 어찌 하랴! 워낙에 생긴 그릇이 작으며 생각이 얄팍하고, 대붕(大鵬)의 뜻이 미치지 못하는 바에야 죽을 때까지 이 걸음으로 걸어가는 수밖에…"

나의 연극동지이자 畏友 남일우, 권성덕 양인의 友情出演 및 선후배 여러 배우님과 스텝진 모두에게 한없는 고마움과 사랑을 표하지 않을 수 없습니다. 그리고 끝으로 빠뜨릴 수 없는 한마디 말씀은, 자랑스럽고 힘들고 고달픈 나 같은 연극인생을 위해 그 어려운 집안살림을 큰 불평 없이 살아준 나의 마누라가 미쁘고 감사하며, 크게 비뚤어지지 않고 잘 장성해 준 세 명의 자식놈과 그 새끼들이 대견스러울 뿐입니다.

"눈으로 보는 연극이 아닌 귀로 보는 연극"

김성노 | 동양대학교 교수

어느 누구나 한 가지 일을 50년 한다는 일은 쉬운 일이 아니다.

보통 직장 일이 25살에 시작해서 60살에 끝난다 해도 35년밖에는 되지 않는다. 이러한 면에서는 예술, 특히 우리같이 연극을 하는 사람들이 어떻게 보면 축복 받은 사람들이라고 할 수 있다. 물론 여러 가지 환경면에서는 문제가 있지만… 그렇다고 모든 연극인이 지속적인 작업으로 금전적은 아니더라도 자기만족의 행복을 느끼는 것은 아니라고 생각한다.

노곡 노경식 선생님은 1965년 서울신문 신춘문예 희곡당선작 「철새」로 문단에 등단하신 이래 지금껏 연극의 가장 기본이 되는 희곡, 즉 연극대본을 쓰신 우리 연극계의 산 증인이시다. 대표작 「달집」을 비롯하여 「서울로 가는 기차」 「포은 정몽주」 「찬란한 슬픔」 「천년의 바람」 등 우리 민족의 희로애락을 선생님의 개성 있는 필력으로 펼치셨으며, 어느 정도의 연륜이 있는 연극인이라

11

면 선생님의 작품을 한번쯤은 접해 봤다고 생각한다.

내가 처음 연극에 입문했을 때 배운 연극은 '눈으로 보는 연극이 아니라 귀로 보는 연극'이었다. 최근의 많은 연극들이 시각적인 면과 자극적인 면에 많이 치우치고 있다고 생각한다. 이런 면에서 선생님의 작품은 그야말로 눈으로 보는 연극이 아닌 귀로 보며 마음속으로 생각하게 만드는 연극이라고 믿는다.

이제 노곡 선생님의 집필 50주년의 공연에 선생님의 동료, 후배, 제자들이 함께 모여 감사의 공연을 올린다. 이 영광스러운 공연에 연출로 참여하는 것을 감사드리며, 행복한 마음으로 참가하시는 모든 분들에게 개인적인 고마움을 전한다.

작년과 금년, 많은 원로 연극인께서 우리 곁을 떠나셨다. 작은 바람은 노곡 선생님께서 오래 우리 곁에 계시면서 훌륭하고 좋은 작품으로 우리에게 양분을 주시고 날카로운 질책으로 우리를 인도해 주시기를 확신한다.

등장인물]

(나이는 1604년 기준)

(한 국)

사명당 (松雲大師, 60)

혜 구 (惠球 시자승, 30대 후반)

손문욱 (孫文彧, 절충장군)

덕 구 (德求, 어부, 피로인)

작은댁 (동래부사 故 宋象賢(41)의 妾室)

히데꼬 (秀子, 덕구의 처, 日女)

부관, 도해시낭독 관료(이수광), 이삼평(李參平)과 심당길(沈堂吉)

(일 본)

도쿠가와 이에야스 (德川家康, 62)

히데타다 (秀忠, 이에야스의 三子, 25)

히데야스 (秀康, 이에야스의 二子 20대)

혼다 마사노부 (本多正信, 집정관, 약 60세)

세이쇼 쇼타이 (西笑承兌, 쇼코쿠지相國寺 주지)

게이테츠 겐소 (景轍玄蘇, 쓰시마 쇼후쿠지(聖福寺) 주지, 外交僧 40대)

다치바나 도모마사 (橘智正, 쓰시마 通事 외교승)

소 요시토시 (宗義智, 쓰시마 도주(對馬島主), 36)

하야시 라잔 (林羅山, 22)

도요토미 히데요시 (豊臣秀吉, 1598년 62세 沒)

가토 기요마사 (加藤淸正, 구마모토熊本 영주, 42)

요도기미 (淀君, 히데요시의 처)

히데요리 (秀賴, 히데요시의 아들, 1598년 5세)
히로사와 (廣澤, 女僧, 히데요시의 愛妾, 50대)
작은댁 왜장, 圓耳禪師 (원이, 고우쇼지興聖寺 주지), 다이로
(大老, 노대신)
기타 조선과 일본 남녀, 다수 (5-10 명)

때와 곳

1604년(선조 37, 甲辰) 8월부터 이듬해 5월 사이
조선의 부산과 일본의 쓰시마 섬 및 교토, 오사카, 나고야 등

제1장

막이 오르면,
일본의 교토(京都) 후시미성(伏見城)의 천수각(天守閣)
긴장감 있는 북소리(음악) 흐르고, 무대 밝아지면 나란히 서
있는 사명대사와 도쿠가와 이에야스.

이에야스 (시로 말한다) 차가운 돌 위에는 풀이 자라기 어렵고
방 가운데서는 구름이 일어나기 어렵도다
그대는 어느 곳에서 노는 산새이기에
우리들 봉황의 무리를 찾아왔는고?

사명당 (시로 받는다) 나는 본시 청산의 학이어서
언제나 오색구름 속에 노닐었는데
하루아침에 운무가 사라져 버리고
잘못 떨어졌노라, 그대들 들꿩의 무리 속에…

이에야스 청산의 학이 들꿩의 무리 속에 떨어졌다?
사명당 합하께서는 시를 시로써 받아들이지 않으니 정녕 야계
(野鷄)일 뿐이오!

암전과 동시에 바다 갈매기와 거친 파도소리~~

15

조명 들어오면, 부산 다대포(多大浦)의 바닷가.
"1604년 8월 스무 날, 부산"
사명당, 멀리 푸른 바다를 바라본다.

사명당   갈댓잎 하나에 몸을 싣고
만경창파 물결을 헤치니
총알만한 외로운 섬
하늘 끝에 닿았구나.
황하의 근원은
이 하늘의 서북쪽 끝이련만
어찌하여 동쪽 바다로
박망사를 띄우는가.

연래의 쇠잔한 털
해가 갈수록 세어지는데
또 다시 남녘 바다에
팔월 달의 뗏목을 띄운다.
팔을 굽히고 허리 꺾는 일은
본래가 나의 본뜻 아니거니와
어찌하여 머리를 조아리고
왜적의 집에 들어갈거나.

이때, 혜구 스님(首座)이 궁시렁거리며 등장.

16

혜 구   아니, 상감마마께서 노망이 나도 단단히 나신 겝니다.
극악무도한 왜놈들 소굴 속으로 우리 큰스님이 머리를
숙이고 들어가게 됐으니, 이 얼마나 분통 터지고 얼굴
깎이는 일입니까요?

사명당   허허, 허튼소리! 그나저나 짐들은 빠짐없이 다 실었
는고?

혜 구   그럼요, 큰스님.

전립(戰笠) 차림의 손문욱 장군과 부관, 짐을 어깨에 멘 노복
들이 다른 쪽에서 등장.
그들도 차례차례 배에 오른다.

손문욱   대사님, 자, 배에 오르시죠.

사명당   아암, 허허. 손 사또님, 그럽시다. 여축 없이, 만반 채비
는 잘 됐소이까?

손문욱   예에. (잠시) 대사님?

사명당   말씀하세요.

손문욱   대사께서도 익히 알다시피, 일본의 관백 도요토미 히데
요시가 일으킨 침략전쟁은, 진실로 참혹하고 눈물 나는
미증유의 국난이었습니다. 그해 임진년 봄에서부터 무
술년 겨울에 이르기까지, 장장 7년간에 걸친 대전쟁은
온 나라를 초토화시키고, 만백성의 삶을 송두리째 거덜
나게 해버렸습니다.

사명당   내가 어찌 그런 참상을 모르겠소!

손문욱   대사님께서는 부디 전하의 높은 뜻을 헤아려 왜놈들의
         정세를 파악하고, 새로이 권좌에 오른 저- 덕천막부(德
         川幕府)의 음흉한 심중을 잘 파악하셔야 하겠습니다.

사명당   그래서 늙은 중이 인제는 또, 왜적을 탐색하는 탐적사
         가 되었구려. 으흠…

손문욱   또한 전란 중에 일본으로 잡혀간 조선 백성들이 기천에
         이른 즉, 덕천막부와 담판을 지어서 우리나라 백성들을
         모두 송환해 올 수 있도록 힘을 기울여 주십시오.

사명당   그 같은 일이야말로 이번 사행(使行) 길의, 늙은 중의 가
         장 큰 목표이고 소원이외다. 손 장군이 잘 도와주시오.

손문욱   이를 말입니까, 대사님! (부관에게) 그럼 신호를 올려라.
         군선의 돛을 올리도록.

부 관   예, 장군님. (큰소리) 출항을 알려라!!

이윽고, 출항을 알리는 뿔나팔 소리~~
무대 앞쪽에, 조복(朝服) 입은 이수광(李睟光) 대신이 〈도해시〉
〈渡海詩〉를 낭송한다.
서로 합장하고, 스크린에 궁서체로 투사된다.

이수광   성세에 명장도 많은데
         기특한 공은 홀로 저- 늙은 대사로다.
         배는 현계탄(玄界灘) 바다를 향하고
         혀끝은 육생의 말솜씨를 닮았도다.
         변덕스럽고 간사함이

섬 오랑캐는 끝이 없는데,
화친하는 일이 위태로울까 염려되네.
나의 허리에 찬 긴 칼 한 자루는
오늘날에
사내대장부가 부끄러워라. (암전)

제2장

마사노부, 쇼타이, 겐소 등장.

마사노부 조선에서 사명당이란 중이 오늘 일본에 당도했다는데,
그는 어떤 사람인가?

겐 소 사명송운대사는 지난 전쟁 중에도, 가토 기요마사 쇼군
님의 울산성을 세 번이나 찾아와서 단독으로 면담을 성
사시킨 인물이지요. 사명당은 속성이 풍천임씨(豊川任
氏)이고 경상도의 밀양(密陽) 태생입니다. 일찍이 부모를
여의고 10여 세 어린 나이에 머리 깎고 불가에 입문했
었는데, 불과 열일곱 살 나이에 승과(僧科) 급제하고 서
산대사 휴정(休靜) 스님의 수제자가 되어 법을 전수받았
습지요. 그리고 전쟁이 발발하자 서산대사를 도와서 의
승군(義僧軍) 총대장으로, 종횡무진 전쟁터를 누비고 다
닌 유명한 인물인가 합니다.

마사노부 역시, 겐소 스님이 조선 땅에 들어가서 오랫동안 종군
했으니까 그에 관해서는 잘 알겠구려?

쇼타이 지금껏 소승이 알아본 바에 의하면 사명당은 담력이 크
고 생각도 깊고, 한마디로 무소불통의 고집이 센 늙은
중이지요.

겐 소 그리고 또 하나, 사명당의 겉모습을 보면 머리통은 중

대가리로 빡빡– 깎았으되 턱수염은 길게길게 늘어뜨리고 있습니다요. 웬 줄 아십니까?

쇼타이   그래 참, 그렇구만.

겐 소   당신님이 머리털을 백호쳐서 빡빡– 깎은 것은 부처님 제자임을 나타낸 것이며, 길게길게 흰 수염을 늘어뜨린 뜻은 속세의 사내대장부임을 나타내고자함이다, 하고 말씀입니다. 허허.

마사노부   그런데, 일개 중이 감히 우리 에도막부의 태합전하와 독대를 하겠다는 겐가?

겐 소   듣기로는 조선에 화친을 제안한 태합전하의 본뜻을 헤아리고, 또한 조선에서 데리고 온 신민들의 포로송환 문제를 다루고자 하는 걸로 알고 있습니다.

마사노부   '조센진'(朝鮮人)의 포로송환?

쇼타이   과거 전쟁 중에 잡혀온 조선 백성들을 말하는 것 같습니다.

마사노부   어림없는 소리! 어느 누구 마음대로… (그들, 화를 내며 퇴장)

교토의 뒷골목 밤거리.

희미한 불빛 속에, 조선의 남녀 양민들이 몰려와서 기쁨과 눈물로 소리친다.

백성1   아이고매, 사명당 큰스님이 일본에 건너오셨다는 것이어.

백성2　그러먼 그렇제. 사명대사님이 어쩌신 분이라꼬?

백성3　사명당은 살아있는 부처님이다. 생불(生佛)! 살아있는 신승(神僧)이어.

백성4　그리어. 가련한 조선 백성들 우리를 살려내자고 일본까지 안 왔는교?

백성5　내 말씀을 잘 들어봐라우? 송운 큰스님이 우릴 고향 땅으로 데려가자고 여그까지, 시방 수륙만리를 건너오셨다니께. 허허

백성6　우리네 죽은 목숨을 설보화상이 살려내는 것이제, 머.

백성7　설보화상은 또 무신 소리?

백성8　에그, 고런 이약도 몰러? 큰스님 사명당이 왜놈 장수를 첫 대면으로 만나갖고는, '니놈의 모가지가 우리나라 보배이다!' 허고, 크게 호통치셨다는 것 아닌감?

백성7　니놈 모가지가 조선의 보물? 허기사 말뜻은 꼭 맞다! 말씀 설(說)자에 보배 보(寶)자, '설보화상'! 호호.

백성1　쉬잇, 조용, 조용히! 쩌그 설보화상님이 요쪽으로 올라오고 계시는구만.

모 두　(다같이) 오매, 사명대사님! 송운대사 큰스님! 사명당, 우리 송운대사님!…

사명당과 혜구, 손문욱, 도모마사 등장.
사람들이 우르르 그의 발아래 꿇어 엎드리고, 혹은 옷깃을 부여잡고 눈물바람이다.

손문욱   조용히 하십시오, 여러분! 여러분, 사명대사께선 지금 찾아볼 사람이 있어서 그럽니다. 모든 것이 잘 해결날 테니까 근심걱정일랑 놓으십시오.

혜 구   (목이 메며) 자자, 우리 조선 백성님네, 잘 압니다. 산 설고 물 설고, 남의 나라 땅 왜국에서 얼마나 고초가 심합니까요!

손문욱   장차 우리 사신들이 귀국할 적에는, 다 함께 모조리 배 타고 그리운 고국으로 돌아갈 계획입니다. 본관으로 말씀하면, 한양성 조정에서 나온 절충장군 손 아무개 옳습니다. 여러분, 그렇게들 알고 차분하게 기다려 주십시오.

사 내   장군님 감사하고 또 감사합니다. 요놈은 임진년 첫해에 잽혜왔으니깨로, 볼써 13년간이나 됩니다요. 아이고, 서럽고 분한 것! 쯧쯧.

아 낙   (울며) 큰시님, 죽은 목숨 한 번만 살려주십시오. 쉰네는 지난번 정유년 세안(겨울)에 전라도 섬 구석에서 끌레왔어라우. 그런깨로 시방, 요년은 7년 동안이나 남의 나라에서 살아가고 있제라우. 흑흑.

사명당   오호통재라! 석가모니불 관세음보살… 여러분, 근심 걱정일랑, 염려 놓으세요. 이제는 당신님들이 원하는 고국 땅으로 돌아갈 수 있을 겝니다. (그녀의 어깨를 도닥거려준다)

백성들   대사님! 사명대사 큰스님!!…

사명당 일행은 그들을 뒤로 하고 무대 다른 쪽으로 향한다.

'작은댁'의 초라한 집. 사립문 밖에 희미한 불빛의 장명등.
집 안에는 히데꼬가 '작은댁'을 모시고 기다리고, 문 앞에선
덕구가 안내한다.
사명당이 들어오자, '작은댁'이 큰절 3배를 올리고 꿇어앉아
울음을 씹는다.
뒷전에는 히데꼬도 서툴게 읍하는데, 불룩한 아랫배가 임신
중인 모양.

손문욱   말씀드린 임진년 난초에 맨처음으로 순국하신 동래부
사 송상현(宋象賢) 사또님의 첩실이옵니다.

사명당   (비감하여) 부인, 절통하고 죄만스럽소이다! 나라와 조정
이 진실로 부끄럽고 또한 한스러울 밖에. 으흠…

작은댁   설보화상님, 꿈인지 생시인지 몸 둘 바 모르겠습니다.
이렇게도 뜻밖에 존안을 우러러 뵈올 수 있다니. 세상
소문으로만 뵈시던 사명대사님 아니오니까! 대자대비
부처님의 공덕이고 가피인가 하옵니다.

손문욱   송 사또께서는 처절한 항전을 펼쳤으나 동래성은 끝내
함락되고, 관복으로 갈아입고 의연히 왜장의 칼을 받았
습니다.

도모마사   그렇습죠. 송상현 사또님이야말로 만고충신 열사이십
니다. 따라서 비록 적국일망정 우리 일본 사람들도 우
러러봅니다요.

손문욱   (말을 막으며) 부인께선 왜장의 수청을 거부하고 절개를 지키시다 납치되어 이곳까지 끌려오게 되었습니다.

사명당   (머리를 끄덕이며) 부인, 타국 땅에서 고초와 시련이 얼마나 많으십니까?

작은댁   살아가기는 딱히 그렇지도 않습니다. (히데꼬와 덕구를 가리키며) 두 사람이 항시 이렇게 붙어서, 소첩의 시중을 잘 들어주고, 호위하고 있으니까요. 지나간 13년의 무정한 세월이 눈물나고 한스러울 뿐⋯

(회상) 작은댁을 왜장 하나가 사정없이 나꿔채서 겁탈하려는 과거 장면.
그녀는 윗저고리가 뜯겨지고 머리가 풀어지며 끝까지 반항한다.

왜 장   에잇, 고라 빠가야로! 내 말을 순순히 들어라.

작은댁   이놈, 안 된다! 이 짐승 같은 놈, 죽어도 안 된다.

왜 장   오호, 그래애? 사냥놀이는 사납고 거친 맹수가 제 맛이렷다! '욧시이'⋯

왜장이 덮친다. 작은댁, 왜장의 손등을 물어뜯고 품에서 은장도를 꺼내든다.

왜 장   아악! (긴칼을 빼들고 겨누며) 니년이 진정 죽기를 작정한 것이냐!

작은댁 (한치의 두려움도 없이) 오냐, 베거라! 동래부사 송상현 사또님이 나의 지아비니라. 내 어찌 한줌의 목숨을 두려워하겠느냐. 얼른 베거라! 어서 요놈아!

왜 장 … (작은댁의 서슬 퍼런에 주눅이 드는 듯)

작은댁 뭣을 하고 있느냐? 어서 베지 않고!

왜 장 (잠시) 옷시이, 니년의 절개를 내가 사겠다. (밖에 대고) 여봐라? 이 젊은 각시를 끌고가서 배에 태워라. 내가 조선의 전리품으로 삼겠다!

다시 '작은댁' 집

사명당 앞에 덕구와 히데꼬가 꿇어앉아 있다.

도모마사 여기 작은댁 부인께선 목숨 걸고, 끝까지 죽은 사또에 대한 의리와 절개를 지켜냈습지요. 그러므로 우리 대장께서는 살 집 한 채를 별도로 이렇게 장만해 주고, 특별히 조선인으로 하여금 수발을 들게 하였노라고 말씀입니다. 우리 일본 사람은 칼과 용맹만 숭상할 뿐 인륜 도리를 소홀히 하는 경향이 있는데, 모든 사람이 꼭 같은 경우는 아니지 않겠습니까?

혜 구 으흠, 고양이가 새앙쥐 생각하고 있었구만!

사명당 (덕구에게) 젊은이는 뉘신가?

덕 구 예. 소인은 진도 바닷가에 살면서 괴기 잡는 어부놈이었는디, 정유재란이 일어났을 적에 끌려왔습죠. 고때, 무신 종사관인가 하는 강항(姜沆)이란 선비가 납치되어

왔을 적에 다 같이 함께 잡혀왔습지요.

손문욱 (놀래서) 강항 선비라고?

덕 구 예, 예에. 그러고는 헤어져 뿔렀으니깨로, 어디선가 그 선비도 죽었는지 살았는지 잘 모르지라우.

혜 구 아니, 사또님? 강항(姜沆) 함자라면 혹시 수은당(睡隱堂) 그 어른을 가리키는 말씀 아닌가요?

손문욱 혜구 스님, 필시 수은당 강항이 맞습니다. 으흠─ (가볍게 한숨 쉬고 덕구에게) 안심하게나. 그 선비님으로 말하면, 3년 동안 일본 땅에 잡혀 계시다가 무사히 귀국할 수 있었다네. 일본 사람들이 마련해 준 배 한 척을 얻어 타고…

덕 구 아이구매, 세상에! 천운이구만요, 잉. 아니, 왜적들이 배까지 줘감서 조선 포로를 고향 집으로 돌려보내라우? 참말로 기가 찰 일이네요! 허허.

손문욱 대사님, 그 수은당 선비로 말하면 이곳 일본 학자들에게 주자학을 새로 배워주고, 많은 학문적 은혜를 베풀었노라고 말씀입니다. 해서 그 은혜를 갚느라고, 아마도 배까지 주선해서 귀국토록 한 모양입니다.

사명당 허허, 그런 좋은 일도 있었구면! (히데꼬에게) 아낙은 뉘신고?

히데꼬 (서툰 발음) 예, 송운대사님! 쇤네으는 미안함으니다만, 조선이노 사람이 못되고 일본의 여자람으니이다.

사명당 일본인 여자?

작은댁 (다시 다가와서) 예, 큰스님. 이 아이의 이름자는 '히데꼬' 이며, 어미 애비도 모르는 고아 출신이라고 들었습니다. 계집아이가 참하고 심성이 고와서, 여기 덕구와 부부의 연을 맺도록 소첩이 주선하였습지요.

사명당 허허허. 훌륭한 일을 해냈습니다 그려. 가만 보니, 홀몸도 아닌 것 같구나!

히데꼬 대사님, 어르신 앞에 민망함으니이다.

덕 구 설보화상님, 쇤네들도 제발 같이 데려가 주옵소서!

도모마사 대사님, 인제는 그만… (채근한다)

손문욱 그래요. 그만 돌아갑시다. 어쨌거나 이런 기회를 마련해 줘서 고맙소이다.

사명당 (둘에게) 사또님 부인을 잘 받들어 뫼시고 희망 버리지 말고 굳건하게 살아가게나. 익히 내가 알겠노라. 하늘이 무너져도 솟아날 구멍은 있는 법!…

두 사람, 소리 죽여 운다.
그들, 집에서 나와 다른 쪽으로 밤길을 간다.

혜 구 큰스님, 밤길이 어둡습니다. 살살 조심하소서.

사명당 오냐, 내 알겠느니.

이때, 복면을 쓴 사무라이(武士) 서넛이 그들을 둘러싼다.

손문욱 (크게 소리쳐) 아니, 웬- 무례한 놈들이냐?

도모마사 요런 나쁜 자식들! 송운대사님을 니놈들이 몰라보느냐?

손문욱　(칼을 빼들고) 어서 길을 비켜라, 썩! 아니면 너희들이 죽고 살아남지 못하리라. 에잇!…

사명당을 제외하고, 양쪽이 칼을 맞부딪치면서 한동안 싸움질…
도모마사 스님도 닛뽄도(긴칼)를 빼들고 함께 대항한다. (암전)

제3장

후시미 성의 정무소(政務所)
집정관 혼다 마사노부, 세이쇼 쇼타이 및 도모마사 등.
도모마사가 무릎 꿇고 대죄하는 자세이고, 겐소는 그쪽으로
합류한다.

마사노부 (꾸짖어) 쯧쯧쯧. 그따위 어리석고 무모한 행동이 어디
있소이까! 깜깜한 야밤중에 세상 시끄럽고 무서운 줄도
모르고 야행을 감행하다니, 원. 으흠

도모마사 (엎드려) 집정관 어르신, 소승의 잘못과 불찰을 용서하
소서! 만번 죽어도 마땅할 큰 죄를 지었나이다.

쇼타이 (겐소에게) 사명당 늙은이가 상해라도 당했으면 어쩔 뻔
했습니까? 그만하니 불행 중 천만다행이지요.

겐 소 집정관 나리, 도모마사 입장에선 조선국을 왕래하는 외
교승려로서 여러 차례 안면도 있고, 또한 자기네 '조센
진'을 만날 수 있게 해달라고 강청하는 바람에 인정상
그만…

쇼타이 무슨 소리입니까? 공공업무와 개인 사정은 구별할 줄
알아야지!

도모마사. 또 한번 조아린다.

마사노부 그래, 자객의 신분은 밝혀졌습니까?

겐 소 예, 어르신. 자객 넷 중에서 둘은 도망치고 하나는 현장에서 즉사하고, 그러니까 한 녀석만 붙잡혔는데, 본인들은 오사카 성(城)에서 왔노라고 말씀입니다.

마사노부 오사카 성?

쇼타이 뭐야! 아니, 오사카 성이라면… 그렇다면 도요토미 히데요리(豊臣秀賴) 진영에서 보낸 자객? (사이) 으흠- 집정관 나리, 짐작이 갑니다. 아마도 오사카 쪽에서 꾸며낸 음모와 계략일시 분명합니다. 조선의 사명당을 해침으로써 우리 도쿠가와막부의 원대한 야망과 포부를 거슬리고 방해공작으로 말씀입니다.

마사노부 (동감을 표하며) 오사카 성이 언제나 근심걱정이란 말씀이야. 마치 옆구리에 큰 불덩이나 사나운 호랑이를 끼고 살아가는 기분이라니까.

쇼타이 그러므로 가까운 장래에는, 머지않아 우리 합하 어른께서 결단 내리셔야만 합니다. 오사카 성 저- 잡것들을 한꺼번에 불태워 버리든지…

마사노부 (도모마사에게) 일어나서 그만 나가 봐. 앞으로는 삼가하고, 잘 명심하도록 해라.

도모마사 하잇! 소승, 백골난망이로소이다. (절하고 잰걸음으로 퇴장)

마사노부 그러고, 쇼타이 대사?

쇼타이 하명하십시오. 예에-

마사노부 대사는 사명당한테 가서, 이번 불상사에 관한 위로와

유감을 표하도록 해요. 송운대사는 녹록한 인물이 아니
니까.

쇼타이 잘 알아모시겠습니다, 집정관 나리.

마사노부 그리고 그 늙은 중놈의 하루하루 동정을 살펴봐요. 유
심히… 그자가 어떻게 소일하고, 무슨 꿍꿍이 생각을
하고 있는지 등등.

쇼타이 요즈음 사명당이 하는 일이란 부처님 전에 염불 외우고
시문(詩文)이나 짓고, 붓글씨 쓰는 일 아니겠습니까?
뭣이냐, 하찮은 글씨 나부랭이 좀 쓴다고 이 사람, 저
사람에게 보시하듯이 말입니다! (암전)

제 4 장

혼포지(本法寺) 절, 방 안.

사명당과 쇼타이 스님이 각각 붓글씨를 쓰고 있다.

겐소는 사명당 곁에서 이를 지켜보고 혜구는 벼루에 먹을 갈고…

이윽고 사명당이 먹물을 듬뿍 찍어서 일필휘지한다.

사명당　쇼타이 대사님, 시 한 수를 소승이 지어봤습니다. 자, 보세요?

(필순(筆順)대로 드러나는 초서체의 달필. 스크린에 투사된다)

贈承兌

雨餘庭院淨沙塵

楊柳東風別地春

中有南宗穿耳客

世間皆醉獨醒人

쇼타이　(바라보며) 〈쇼타이에게 드린다〉 아니, 나한테 시구를 말씀입니까?

사명당　허허, 그래요.

쇼타이　"정원 뜰에 비가 그치니 티끌 없이 맑고

버들가지 동풍에 흔들리니 별천지 봄이구나
그 가운데 남종(南宗)에 귀 뚫은 나그네
세상이 다 취했어도 홀로 깨어있는 사람이로다"
(정중히 일어나서 읍하고) 송운대사님, '세상이 다 취했어
도 홀로 깨어있는 사람' 이라니요? 그럴 만한 그릇이 소
승은 아니 되는가 합니다. 과찬도 결례가 되는 법!

사명당   아니올시다. 나, 사명송운이는 내 눈으로 그동안 보고
느낀 바를 그대로 적었을 뿐. 더구나 대사님이 주석하
고 계시는 쇼코쿠지(相國寺) 절은 일본 임제종(臨濟宗)의
총본산 아닙니까? 나 또한 임제종파를 계승하는 사문
으로서, 우린 같은 길을 가고 있는 도반(道伴)들입니다.
허허허.

쇼타이   말씀을 듣고 보니 그렇군요. 서로서로 한결같은 종파로
서, 허허. '세상이 다 취했어도 홀로 깨어있는 사람이
로다!…'

쇼타이도 붓에 먹물을 듬뿍 찍어서 일필휘지.
이번엔 예서체의 반듯한 글씨가 스크린에 투사된다.

松雲大師見讚詩
神中人歸去 句句奇 吉吉妙也 不堪欣然 筆跡亦麗 豫作私寶者
快然

쇼타이   (자신의 시를 건네며) 소승도 한 글자 적어봤습니다만, 무

례를 범하는 것은 아닌지.

사명당 (받아 읽는다) "송운대사의 시를 찬미한다.

문필의 재주가 귀신같이 뛰어났다

구절구절마다 기이하고

말 하나하나가 미묘하여

흔연한 감동을 주체할 수 없고

필적도 또한 아름답고 곱구나

내가 집안의 보물로 삼고 싶다고 하니

대사님이 기쁘게 승낙하셨네"

(쇼타이를 보며) 하찮은 글귀를 값지게 봐주시다니, 허허.

쇼타이 별 말씀을요. 참, 우리 겐소 스님도 시축을 하나 선물
받으셨다고?

겐 소 예. 소승도 한번 읽어보겠습니다.

겐소, 두루마리 종이를 품에서 꺼낸다.

겐 소 (펴들고) 〈혼포지 절간의 제야(除夜)〉…

쇼타이 '혼포지 절간의 제야?'

혜 구 사명당 큰스님께서는 이미 벌써 작년 12월에, 이곳 본
법사 절에 도착하신 것 아니겠습니까? 그러므로 섣달
그믐날에 읊으신 것이지요!

스크린에 궁서체로 투사된다. 〈혼포지 절간의 제야〉…

겐 소   "사해에 떠도는 송운 늙은이
행장과 뜻이 서로 어긋난다
일 년 한 해도 오늘밤이 다하는데
만리 머나먼 길 어느 때나 돌아가리
입은 옷은 오랑캐 땅의 비에 젖고
시름은 절간 사립문 안에 갇혀있네
향 피우고 앉아서 잠을 못 이루니
새벽 눈이 또한 부슬부슬 내리는구나"

쇼타이   (큰소리로) 하하하. 과연 절창입니다, 절창! '입은 옷은
오랑캐 땅의 비에 젖고 시름은 절간 사립문 안에 갇혀
있다?' 충분히 이해하고도 남음이 있어요. 허허.

사명당   지난 섣달에 당도해서 해를 넘기고 춘삼월이니까, 어느
덧 3개월째입니다. 그런데도 아직껏 합하 어른을 알현
하지 못한 채 허송세월만 하고 있으니 답답하고 따분한
일이에요! 우리네 처지가 아니 그렇습니까?

쇼타이   (무시하고) 겐소 스님, 그만 우리는 돌아갑시다.

겐 소   아, 예. (시축 종이를 주섬주섬 챙긴다)

쇼타이   사명대사님, 그럼 이만 실례. 스님에 대한 자객 사건은
거듭 유감을 표하는 바입니다!

사명당   허허허. 그렇게 챙겨주니까 고맙소이다 그려.

두 사람, 가볍게 목례하고 총총히 퇴장.

혜 구   (불평스럽게) 큰스님, '세상이 다 취했어도 홀로 깨어있

36

는 사람'이라구요? 쇼타이 스님 저자야말로 음흉하고 탐욕스런 위인일시 분명합니다.

사명당 (짐짓) 부처님 눈에는 부처님으로 보이는 게야!

손문욱, 절 마당의 뒤쪽에서 등장하며,

손문욱 대사님, 그렇습니다. 쇼타이는 음흉하고 요사스럽지요. 지난 병신년(1596) 난중에는 명나라와 우리 조선의 사신들을 겁박하고 냉대하여 빈손으로 돌아오게 하였고, 그보다 앞서 경인년(1590)에도 풍신수길을 '태양의 아들'이라고 칭하면서 오만불손한 '외교문서'(答書)를 작성하기도 했습니다. 그뿐만 아니라 '조선 군대는 일본군의 길 안내를 맡아라', '대일본국이 명나라 중국을 항복받고자 하여 출병한다'는 등등 조선침략을 위한 언사들이 모두 그자의 머리통 속에서 나왔다고 봐야합니다. 대사님.

사명당 (한숨) 으흠.

이때 도모마사가 가벼운 마음으로 총총히 등장.

도모마사 송운대사님, 다이쇼군 합하께서 앞으로 2, 3일 후면 이곳 교토에 올라오실 모양입니다.

사명당 듣던 중 반가운 소식이구려. 허허. 도쿠가와 이에야스 합하!… (암전)

제 5 장

교토 후시미성(伏見城)의 실내.

조명 들어오면 좌정한 채 마주하고 있는 사명당과 도쿠가와 이에야스.

이에야스 뒤에 혼다 마사노부, 세이쇼 쇼타이, 겐소, 그리고 몇몇 사무라이들.

사명당 뒤로는 손문욱, 혜구, 호위무사 1, 2, 3.

이에야스 (건너다보며) 송운대사님, 내가 우리측 인물부터 소개하리다. 대사님, 이미 들어서 알고 계시겠습니다만 나는 3년 전에 다이쇼군 직을 셋째아들에게 양위한 바 있습니다. 그러므로 제2대 세이이타이쇼군(征夷大將軍) 히데타다가 이 자리에 있어야 하나, 그는 지금 에도(江戶)에 나가 있어요. 자, 그럼 이쪽은 혼다 마사노부. 마사노부 집정관은 나를 도와서 우리 에도막부의 모든 일을 관장하고 있어요.

마사노부 … (정중히 목례, 이하 같음)

이에야스 그 다음이 세이쇼 쇼타이. 쇼타이 스님은 모든 외교문서와 의전을 관장하고 있으며, 쇼코쿠지 큰절의 92대 주지승입니다.

쇼타이 … (목례)

이에야스 그 다음이 게이테츠 겐소. 겐소 스님이야말로 조선에서 더 많이 알려진 인물 아닙니까? 쓰시마 섬의 외교승이자 하카다(博多—福岡)에 있는 쇼후쿠지(聖福寺) 절의 주지스님.

겐 소 … (목례)

사명당 합하! 우린 소개할 인물들이 별로 없습니다. 나는 사명 송운이라는 늙은 불제자이고, 첫 번째가 조정에서 나온 손문욱 절충장군.

손문욱 … (목례)

사명당 우리 손 사또는 3년 전에도 쓰시마 섬에 들어가서, 젊은 도주 요시토시님을 만나는 등 왕래가 있었다니 일본 사정을 어느 정도는 안다고 할 수 있겠지요. 그러고 저쪽 맨끝이 나의 상좌승 혜구스님.

혜 구 … (단주를 들고 합장)

회의 분위기는 자못 엄숙하고 긴장감이 팽팽하다.

이에야스 얼마 전에는, 어설픈 자객들 때문에 대사님이 곤욕을 당하셨다구요?

사명당 그날 밤 일은 도모마사 스님의 도움이 컸습지요. (비아냥하듯) 그 혹독한 7년전쟁 중에도 아니 죽고 살아남았는데, 이역만리 타국 땅에 와서 늙은 중이 바야흐로 명을 재촉하는구나 하고 더럭 겁부터 났습니다. 가슴이 두 근 반 세 근 반, 벌벌 사지가 다 떨리고…

이에야스 사지가 벌벌 떨려요? 사명송운대사의 엄살이 매우 심하구려! 허허.

사명당 허허. 자라 보고 놀랜 가슴 솥뚜껑 보고도 놀랜다는 우리나라 속담이 있습니다요.

이에야스 (빤히 보며) 그게 무슨 뜻입니까?

사명당 과거지사(過去之事) 하도 혹독하게 당했던 처지라서, 일본의 온갖 사물이 우리들 눈에는 제대로 보일 리 만무하지요.

이에야스 대사님은 의승군 총대장으로 임진정유 전쟁터에서 혁혁한 공적을 세웠고, 우리 구마모토 성(熊本城)의 영주 저 가토 기요마사 쇼군과도 만나서 담판을 지었던 맹장 아니오니까? 하하하.

사명당 … (사이)

이에야스 그래, 일본의 산수 풍광은 두루두루 구경을 하셨소이까?

사명당 합하, 소승은 '탐적사'(探賊使)의 임무를 띄고 일본에 건너왔습니다.

이에야스 말씀 아니 해도 알고 있소이다. 나, 도쿠가와 이에야스가 조선에 제안한 화친의사가 진짜인지 아닌지, 아니면 그 진의가 나변에 있음인지 정탐코자 한 것 아니겠소? (짐짓 양팔을 들어 보이며) 자, 샅샅이 정탐해 보시구려. 본인의 속마음이 과연 어디쯤에 있는지를… 허허.

사명당 합하 어른!

이에야스 아, 아하, 농담이었어요. 하하. 그건 그렇고, 대사님의

40

책무가 무엇인지 한번 들어봅시다?

사명당 첫째는 적국 일본의 적정탐색. 바야흐로 새로이 들어선 도쿠가와 막부는, 과연 조선을 재침공할 의도가 있는 것인가 없는 것인가?

둘째, 일본에 끌려와 있는 조선동포의 쇄환(刷還) 문제. 이번 사행(使行) 길의 가장 큰 목적도 여기에 있다고 할 수 있습니다. 강제납치돼서 일본에 잡혀온 피로인 숫자가 몇 만인지, 몇 천 명인지 헤아릴 수도 없는 일입니다만…

셋째는 화친논의. 옛날부터 조선과 일본 사이는 '통신사'(通信使)의 관례와 규범이 양국 간에 존재하고 있었습니다. 일본 통신사의 조선국 방문만 해도 무로마치(室町幕府) 시대로부터 무려 60여 차례나 됩니다. 통신이란 말뜻은 '성신(誠信)으로 통한다'는 의미 아닙니까? 양국 간에 성실과 믿음을 가지고 돈독한 화호(和好)와 선린관계를 맺을 것… (사이)

이에야스 우리가 그것들을 수용한다면, 조선은 우리에게 무엇을 줄 것이오?

사명당 (사이) 무슨 꿍꿍이속인지 속내를 밝히시겠습니까?

이때 마사노부와 쇼타이, 겐소, 그리고 손문욱과 혜구가 양쪽에서 놀란다.

마사노부 대사님, 말씀을 삼가하십시오! 꿍꿍이라니?

사명당　합하께서는 시제 화친을 핑계 삼아 음흉한 속내를 내비치는 것 아닙니까?

쇼타이　그런 것은 없습니다, 송운대사님. 우리 다이쇼군께서는 양국간의 화평의지가 확고합니다!

사명당　지난 시절, 울산성에서 가토장군이 강화조건으로 제시한 히데요시 관백의 7개 항목을 염두에 두고 있는 것 아닙니까? 명나라 황제의 공주를 일본 천황에게 시집보낸다, 조선 8도 중에서 경기 충청 전라 경상도의 4개 도를 일본국에 할양한다, 조선 왕실의 왕자와 대신을 일본 땅에 볼모로 보내준다, 등등…

마사노부　전쟁을 마무리 짓는 데는 강화조건이 따르기 십상이지요!

사명당　하여, 내가 말씀했었습니다. 천만번 하늘이 두 쪽 나도 부당한 일이라고. 그 같은 강화조건이란 천하의 대의에 어긋날 뿐더러 하늘의 뜻에도 합당치 않는 일이다. 시방 당장 당신네 일본 군대가 할 수 있는 일이란 '무명지병'(無名之兵), 명분 없는 군대를 일으켜서 애시당초 천하를 소란케 했으니 물러나는 것이 순리이다. 하루 속히 꾸물럭대지 말고, 제반 군사를 거둬서 자진철병하는 길만이 상지상책이요, 유일한 해결책이다!

쇼타이　기요마사 쇼군께서는 당시 생포했던 조선의 왕자 두 명을 석방해서 안전하게 돌아가도록 했습니다. 그렇다면 그 답례로 조선국의 왕자와 대신이 마땅히 바다를 건너와서 우리의 태합전하께 국궁배례하는 것이 예의 아닙니까?

사명당 불면 날까 쥐면 꺼질까, 천금같이 귀하디 귀한 왕자님을 원수의 나라 일본국에 인질로 보내라는 겁니까! (이에야스에게) 지난 임진년, 일본의 침략으로 금수강산 삼천리는 초토화하고 만백성이 궁민(窮民)이 됐습니다. 생떼 같은 병사는 조총에 맞아서 붉은 피가 낭자하고, 무고한 양민들과 늙은이는 시퍼런 칼끝에 모가지가 뎅겅 날아가고, 젊은 여자와 부녀자는 시도 때도 없이 강간 겁탈당하고, 내가 살아야 할 집과 재산은 불타 없어지고, 헐벗고 굶주린 백성들이 봉두난발(蓬頭亂髮) 먹을 것 찾아서 저잣거리를 헤맵니다! 산야의 풀뿌리와 생나무 껍질로 주린 배를 채우고, 철없는 어린 젖먹이는 죽어 넘어진 지어미의 젖가슴에 달라붙어서 빈 젖꼭지를 빨아대고 있어요. 울고불고 보채면서… 백리(百里) 안이 무인지경입니다! 밤중에는 늑대와 승냥이 울음소리, 미친 개새끼들이 살아있는 사람을 물어뜯고, 시커먼 박쥐떼와 죽은 귀신들이 한바탕 잔치마당을 벌리고 있음이야!… (울분을 삼킨다. 사이)

이에야스 지금 난, 2백 년 전 무로마치막부 시절의 제3대 쇼군 아시카가 요시미쓰(足利義滿)님을 추억하고 있습니다. 때에 요시미쓰 쇼군께서는 승려 슈토(周棠)를 조선 땅에 교린사절로 파견해서…

사명당 (가로막고) 소승도 그런 역사적 사실은 알고 있소이다.

마사노부 (불쾌한 듯) 대사님, 합하께서 말씀 중이십니다. 중간에

서 어르신 말씀을 끊고 나오시면 심히 무례하고 법도에
도 어긋나는 일이며…

이에야스 아, 아. (참으라는 손짓)

사명당 태종대왕 4년, 조선과 일본, 일본과 조선. 그로부터 양
국 간에 시작된 교린의 역사는 무려 1백 60년 동안이나
잘 지속돼 왔습니다. 그런데 그 화평관계를 단칼에
깨버린 것이 어느 쪽입니까? 연전에 죽은 도요토미 히
데요시 관백님 아닌가요? 지난번 7년대전 중에, 귀 일
본 군대가 조선 천지에서 자행한 일이란 필설로는 다할
수 없는 만행이었습니다. 살육과 약탈, 방화와 파괴, 그
처참한 상채기는 골수에 사무치고, 앞으로 백 년이 가
고 2백 년이 흘러간다 해도 지워지지 않을 겁니다. 영
원히!… (사이)

이에야스 (시로 말한다) 차가운 돌 위에는 풀이 자라기 어렵고
방 가운데서는 구름이 일어나기 어렵도다
그대는 어느 곳에서 노는 산새이기에
우리들 봉황의 무리를 찾아왔는고?

(스크린) 동시에 나타나는 예서체 한시(漢詩)
石上難生草 房中難起雲
汝爾何山鳥 來參鳳凰群

사명당 (시로 받는다) 나는 본시 청산의 학이어서

44

언제나 오색구름 속에 노닐었는데
하루아침에 운무가 사라져 버리고
잘못 떨어졌노라, 그대들 들꿩의 무리 속에…

(스크린) 달필의 초서체 글씨

我本靑山鶴 常遊五色雲

一朝雲霧盡 誤落野鷄群

이에야스 (사명당을 가리키며) 청산의 학이, (신하들을 보며) 들꿩의
무리 속에 떨어졌다고?

사명당 (꼼짝 않고) 합하께서는 시를 시로써 받아들이지 않으니
정녕 야계일 뿐이로소이다!

마사노부 (더 이상 참지 못하고, 큰소리) 저런 무엄한 중을 봤나? 자
기는 청산의 학이고, 우리는 하찮은 들꿩새끼란 말인
가!…

이때, 이에야스 크게 웃는다.

이에야스 (호탕하게) 하하하. 사명송운대사, 오늘은 이쯤에서 마무
리하는 것이 좋을 듯싶소. 급할 게 무엇이겠소? 일본의
풍광도 조선 못지않소이다. 천천히, 느긋하게 즐기도록
해요. 허허. 쇼타이 대사와 겐소 스님은 송운대사님이
우리나라의 아름다운 경치를 만끽할 수 있도록 안내를
잘해 주시오. 아, 그리고 구마모토의 기요마사 쇼군에

게도 연락을 취하고 말야. 오랜만에 사명당님과 회포를
풀어야 하지 않겠소?

쇼타이　하이! 분부대로 거행하겠습니다, 합하전하. (암전)

제 6 장

구마모토 성(熊本城)과 낭고성(浪古城)
무대 한쪽에 멀리 '덴슈카쿠'(天守閣)의 웅장한 모습. 아직은 미완공으로 장대와 널을
얽어놓은 비계 등이 보인다.
그 앞에 사무라이 차림의 기요마사 쇼군이 기다리고 있다.
사명당, 쇼타이, 손문욱, 겐소, 혜구, 도모마사 등장.
사명당과 기요마사, 합장과 군례로 예를 갖춘다.

기요마사 하하하. 사명당 송운대사님, 환영합니다. 어서 오소서!

사명당 관세음보살… 기쁘기 한량없소이다. 반가워요, 하하.

기요마사 오시면서 풍광 구경은 잘 하셨습니까?

사명당 좋은 유람 많이 했소이다. 조선에 없는 이국풍물이라서, 보고 듣고, 배울 점도 많았고…

기요마사 허허, 다행입니다 그려. 자, 저쪽으로 성곽 구경을 좀 하시지요?

사명당 (성을 휘둘러보며) 대역사입니다. 이처럼 웅장하고 아름다운 성곽을 축성하고 계시다니! 참, 울산의 '도산성'(島山城)도 장군이 축성한 것 아닙니까?

기요마사 예에. 그때 조선 땅에서 성을 쌓았던 경험과 기술이, 이번 축성에 크나큰 도움이 되었습지요. 허허.

사명당　그래서인가? 그 시절 우리들 조선 백성의 고통과 피눈
　　　　물이 느껴집니다!

기요마사　하하하. 언중유골(言中有骨)이라, 말씀 중에 뼉따귀가 있
　　　　습니다 그려…

그들, 조망하며 잠시 사방을 둘러본다. (사이)

겐 소　(바라보며) 푸른 바다 가운데, 저기— 똑바로 보이는 것이
　　　　이키시마(壹岐島) 섬 올시다. 그 너머가 쓰시마 섬, 거기
　　　　서 곧장 배를 저어가면 조선의 부산포에 닿습니다. 여
　　　　기서 조선 땅까지는 멀다면 멀고, 가까운 지호지간(指呼
　　　　之間)으로 지척이라고 할 수 있겠지요.

사명당　그러니까 여기 '낭고성'이 바로, 조선 침략의 전진기지
　　　　이자 총본부였다 이 말씀인가?

쇼타이　예전엔 궁벽하고 한산하기만 했던 바닷가 마을이, 하루
　　　　아침에 인구 20만 명의 거대한 도시로 탈바꿈하게 되
　　　　었습니다. 불과 반년 사이에, 일꾼 노역자와 장사치와
　　　　아녀자들과 떠돌이 사무라이 등등. 그야말로 상전벽해
　　　　라고나 할까요…

겐 소　히데요시 태합께서는 전쟁을 일으키기 일 년 전부터 여
　　　　기 '나고야'(名護屋, 지금의 佐賀縣 唐津市 鎭西町)에 축성
　　　　공사를 명령하고, 바다를 건너기 위한 군선(軍船) 건조
　　　　와 군비 조달에 박차를 가하셨습니다. 임진년, 드디어
　　　　성이 완공되자 태합전하께서는 저 천수각에 높이 앉아

서 출병을 명하고 전쟁을 지휘했습니다.

(회상) '천수각'에 앉아 있는 히데요시 모습.
그는 원숭이처럼 작은 체구에 흰옷의 정장 차림.
'다이로'(大老)가 단 아래에 숙배하여 전황을 보고한다.

다이로　태합전하, 기뻐하소서! 조센(朝鮮)에서의 승전보를 아룁
니다. 지난 4월 13일, 부산에 상륙한 일본군이 부산성
과 동래성을 차례로 점령한 후, 일로 북진을 감행하여
불과 20여 일만에 조센노 임금이 살고 있는 한양성을
함락시켰다고 하옵니다. 5월 2일 제1군 유키나가는 동
대문으로, 5월 3일 제2군 기요마사는 남대문을 통과하
여 각각 입성하였습니다. 조선군은 변변한 저항 한 번
도 못한 채 풍비박산, 쥐구멍 찾아 뿔뿔이 흩어져 버렸
다는 전갈입니다!.

히데요시　헤헤헤. 대일본군 장하다! 우리의 전투력이 파죽지세였
다니, 과연 토붕와해(土崩瓦解)로다. 여름 장마에 흙담이
무너지고 기왓장 깨지듯, 일도양단 단칼에 와르르! 헤
헤헤.

다이로　태합전하의 홍복인가 합니다.

히데요시　가만 있자. 제1군 병력이 1만 8천, 제2군 기요마사가 2
만 2천, 제3군 구로다 나가마사(黑田長政)와 오토모 요
시무네(大友吉統) 1만 1천 명, 제4군 시마즈 요시히로(島
津義弘) 1만 4천 명…

다이로 총병력 15만 8천 명, 제1군부터서 제9군까지인가 합니다, 합하.

히데요시 그래애. 앞으로 한두 달이면, 조센노 팔도(八道)를 완전 점령하고 압록강 건너서 요동반도까지, 중국 대륙에 진출할 수 있겠구나.

다이로 태합전하, 망극하옵니다!

히데요시 본인은 조센노 서울을 거치고 명나라 수도 베이징(北京)에 스스로 입성하리라. 우리나라 '천황'(天皇)님을 베이징에 모시고 그 주변 10개국을 황실 소유의 영지로 삼을 것이며, 중국의 '간파쿠'(關白)는 히데쓰구(秀次)를 임명하여 베이징에 주둔케 한다. 본인은 중국 '영파'(寧波)에다가 거소(居所)를 정하고, 일본국의 새 '간파쿠'는 우키다 히데이에 쇼군을 임명한다. 그리고 또한 인도 땅, 저어― 천축국(天竺國)은 토지가 광활하고 넓으나 넓다. 그러므로 그 땅 덩어리를 수십 개 쪼개서 분할하되, 각처 '다이묘'에게 그 공적에 준하여 하사할 것이니라! 헤헤헤. (암전)

다시금 성루(城樓)

사명당 지난 날의 조선전쟁은 일본이 이긴 전쟁도 아니고 조선이 진 전쟁도 아니외다. 조선이나 일본이나, 승리자는 없었고 패배자만 있었을 뿐!

기요마사 (머리를 끄덕이며) 그래요, 대사님 말씀이 옳습니다. 전쟁

은 모두를 패배자로 만드는 것입니다. (잠시 숙연해 한다)

사명당 (아래쪽을 보며) 저 아래가 절집인 듯한데, 이 성 안에 웬 사찰입니까?

쇼타이 '고우타쿠지' 라고 사연이 깊은 절이지요. 그리고 특히 저 절간에는 멋있는 조선의 소철나무가 한 그루 자라고 있습니다.

사명당 조선의 소철나무?

쇼타이 히로사와님이라고, 여기 기요마사 쇼군님과도 친분이 두터운 히데요시 태합전하의 첩실이 계셨는데, 전하께서 병사하자 태합전하를 사모했던 히로사와님은 어르신을 잊지 못하고 이곳 나고야에 고우타쿠지를 짓고 중이 되었습니다. 그리하여 기요사마 쇼군님은 손수 조선 땅에서 가져온 소철나무를 히로사와님에게 선물하였습니다. 그런데 조선과의 전쟁 와중에 돌아가신 전하께서 소철나무로 환생하셨다고 믿었는지, 히로사와님도 '조선에서 건너온 보물'이라고 소중히 아끼고 몹시도 좋아하고 있다는군요.

사명당 허허, 기묘한 인연이 있었구려.

기요마사 한번 만나보시겠습니까? 마침 절에 계시는 것 같은데…

사명당 … (머리를 끄덕인다. 암전)

제 7 장

고우타쿠지(廣澤寺) 절, 아미타여래를 모신 작은 법당.
부처님 앞의 두 자루 황촛불이 어둠을 밝히고 멀리서 파도소리~~
사명당과 기요마사, 히로사와 여승 셋이 끽다(喫茶) 중.
히로사와가 조신하게 무릎 꿇고 차를 따른다.

히로사와 찻물이 알맞게 익었습니다! 대사님, 어서 음미하소서.

사명당 예에. 감사합니다, 스님.

히로사와 자, 쇼군님도?

기요마사 (스스럼없이) 누님도 같이 들어요? 허허.

세 사람, 찻잔을 든다.

히로사와 기요마사님과는 옛날부터 막역한 사이라서, 평소에도
이처럼 지낸답니다. 아무런 흉허물 없이.

사명당 두 분이 오누이처럼 보기가 좋습니다 그려.

히로사와 송운대사님 말씀은 많이 전해 들었습니다. 큰스님을 이
처럼 뵈오니 과분하고 영광스럽습니다. 소승은 오늘 밤
의 만남을 오래오래 잊지 않고, 아름다운 추억으로 가
슴속 깊이 간직하겠습니다.

사명당　히로사와 스님, 고맙습니다. 허허. (단주를 센다)

히로사와　쇼군 동생님? 밤이 깊도록 좋은 이야기들 많이많이 해요. 모처럼 두 분 어른이 십수 년 만에 해후하셨으니! 항하사(恒河沙) 모래알같이 수억 겁의 인연 아니면, 어느 세월에 우리가 만나볼 수나 있겠어요? 호호.

기요마사　… (잠시 히로사와의 고운 얼굴을 빤히 바라본다)

히로사와　왜요? 내 얼굴에 뭐라도 묻었어요?

기요마사　(뜬금없이) '승두단단 한마낭'(僧頭團團汗馬囊)이라…

히로사와　…?

사명당　… (말없이 미소를 머금고)

히로사와　아니, 무슨…?

기요마사　히로사와 스님의 머리통은 둥글둥글 이쁜 것이 마치 '한마낭'이라! 즉, 다시 말씀하면 '땀 난 망아지의 불알' 같도다!

히로사와　아니, 뭣이라고? '땀 난 망아지의…' 이런 불손하고 못된…

기요마사　허허허. 들어봐요, 누님? 이건 내 이야기가 아닙니다.

히로사와　(사명당의 눈치를 보며) 그럼 누구의 이야기란 말씀?

기요마사와 사명당, 서로 웃음을 주고받는다.

기요마사　조선의 어떤 선비가 절집에 놀러왔다가는 사명당 스님을 희롱코자 이렇게 말하였것다! '승두단단 한마낭'이라.

히로사와 아니, 송운스님에게?

기요마사 그러자 우리 송운스님도 능청스럽게, 이렇게 댓구를 했 겠다!

사명당 '유수첨첨 좌구신'(儒首尖尖坐狗腎)이로구나!

히로사와 '유수첨첨 좌구신'?

기요마사 양반 선비 니놈의 머리통은 상투가 요렇게 꼿꼿한(손가 락으로 시늉) 것이, 마치 '앉아 있는 강아지의 자지' 같 도다! 하하하.

함께 웃음을 머금은 사명당과, 그제사 뜻을 알고 당황해 하는 히로사와.

기요마사 스님의 머리통은 땀 난 망아지의 부랄 같고, 양반 선비 의 머리통은 앉아 있는 강아지의 자지 같도다! 하하하. 그 선비놈이 사명당을 몰라보고 덤볐다가 본전도 못 찾 고 개망신만 자초한 셈이지요. 안 그렇습니까, 누님? 하하하… (모두 웃는다. 사이)

사명당 히로사와 스님, 초면에 객쩍은 얘기가 나와서 송구합 니다!

히로사와 아니 옳습니다, 대사님. (기요마사에게) 동생은 이런 일화 (逸話)를 어디서 다 들었어요?

기요마사 울산성 담판 때, 송운대사님이 갑자기 요런 얘기를 꺼 내지 뭡니까? 생사를 걸고 죽을둥살둥 싸우는 판에 어 찌나 크게 웃었던지- 허허, 그때 송운대사님을 내가 다시 보게 되었습니다.

히로사와 참, 궁금한 것이 있는데, 내가 물어봐도 될까?

기요마사 누님, 말씀하세요?

히로사와 그 소문으로만 떠돌고 있는 '설보화상' 말이에요. 마침 두 분이 함께 계시니까, 그 내력을 말씀해 줄 수 있겠어요?

사명당과 기요마사, 순간적으로 눈길을 서로 나눈다.

기요마사 허허. 난 또 무슨 말씀이라고? (퉁명스럽게) 여기, 사명당 님에게 직접 물어보세요, 누님이?

히로사와 (애교있게) 그러면 대사님께서…

사명당 가토 장군님이 직접 말씀하세요. 허허.

기요마사 대사님이 먼저 꺼내세요?

히로사와 사명당님, 뜸 들이지 말고 내놓으세요, 얼른? 호호.

사명당 지난 날 울산성에서의 일이지요. 여기 기요마사 쇼군과 대좌하고 있었는데, 긴장되고 엄숙한 순간이었습니다. 그런데 대뜸 쇼군께서 붓을 들고 글씨를 써요. "귀국의 보물은 어디 있습니까?" 해서 나도 붓을 들고 먹물을 찍었어요. "우리나라의 보물은 일본에 가 있습니다."

기요마사 (붓글씨 쓰는 흉내) "그것이 무엇입니까?"

사명당 (붓글씨 흉내) "그대의 모가지 옳습니다!"

히로사와 어머, 머!…

사명당 그 찰나에 등 뒤에서 지켜보던 부관이 칼자루를 냉큼

뽑아들 기세이고, 한쪽에선 또 종군 스님이 그 부관의 바짓가랑이를 거머쥐고 파르르 떨었지요! (사이)

기요마사 (호탕하게, 웃음) 하하, 하하하!

사명당 그래요. 그때도 가토 장군은 천장이 떠나갈 듯, 지금처럼 홍소(哄笑)를 크게 날렸더랬습니다. 허허.

히로사와 (배꼽을 쥐고 웃는다) 예, 진실을 알겠습니다! 우리 기요마사 동생도 조선의 양반 선비 꼴이 되셨네! 본전도 하나 못 찾고, 호호.

기요마사 선비 꼴뿐입니까, 누님? 철퇴로 얻어맞은 꼴이지요. 하하하.

사명당 허허, 무슨 가당찮은 말씀을. 예전이나 시방이나 가토 장군님은 '대인'(大人)이었습니다!

기요마사 큰스님이야 말로 대인이셨지요.

사명당 어쨌든지 기요마사 쇼군께서는 좋은 보물을 한 가지 마련하셨습니다.

기요마사 … ?

히로사와 (눈웃음을 짓고) 어떤 보물 말씀인가요, 설보화상님?

사명당 마당가에 있는 저 소철나무가, 바로 보물 아니겠습니까?

모　두 … (말없이 소철나무를 바라본다)

히로사와 예, 지당하신 말씀. 소승 역시 그 말씀을 올리려던 참입니다. 멀리 이웃나라에서 외롭게 건너온 '조센노 보물'(朝鮮寶物)! 한 그루 저어- 소철나무야말로 소중하고 귀한 보물이지요. 아암, '조센노 보물'이고 말구요, 진실

로!··· (사이)

기요마사 대사님, 막중한 국사를 안고 건너왔으니까, 이것저것을 잘 관찰하고 귀국하시지요? 한 개도 빠뜨리지 말고, 세세하고 철저하게 모조리···

사명당 그것은 또, 어인 말씀?

기요마사 송운대사 큰스님의 할일이 뭣입니까? 일본을 정탐하자는 것 아닌가요? 탐적사! 적국 우리 일본을 속속들이 염탐해야만 탐적사의 책무를 완성하는 것이지요! 아니 그렇소이까, 사명당님?

사명당 (호탕하게) 아이구머니, 들켰구나! 늙은 중이 큰일 났어요. 야단났다! 하하.

기요마사 하하하···

모두 파탈하고 크게 웃는다.
눈물을 훔치는 히로사와 모습. (암전)

제 8 장

'죠라쿠 행렬'(上洛行列). 일본군의 군대 퍼레이드.
이에야스와 사명당, 마사노부, 손문욱 등 대신 관료들이 무대
안쪽에 지켜보고 있으며, 무대 앞으로는 정이대장군 히데타다
를 선두로 행진해 지나간다.
엄숙하고 위압적이며 화려한 행진 대열.
밖에서는 군중의 환호와 박수 소리 〜〜

소 리 "도쿠가와 막부 반자이(萬歲)!"
"이에야스 다이쇼군 반자이!"
"세이이타이쇼군 히데타다 반자이!"
"반자이, 반자이, 반자이!"

히데타다가 성큼성큼 다가와서 무릎꿇고 한손을 들어 군례(軍
禮)를 행한다.

이에야스 하하하. (크게 박수치고, 모두 따라한다) 내 아들, 수고 많
았어요. 훌륭합니다, 훌륭해! (돌아보며) 사명당님, 오늘
의 군대 행진을 어찌 보셨습니까?
사명당 엄청난 대군세(大軍勢)군요. 놀랍습니다, 합하.
이에야스 자, 나의 셋째아들 히데타다 쇼군.

히데타다 (다가와서) 송운대사님, 뵙게 되어 반갑습니다.

사명당 (합장) 젊은 대장군님, 축하합니다.

히데타다 이렇게 대사님을 뵙게 되어 기쁜 마음입니다. 근년에 이르러 그동안 2백 년간의 양국교류와 신뢰가 무너져 버렸습니다만, 또 다시 화호통신을 회복하게 되면 두 나라의 행운과 화평을 위해 얼마나 다행한 일이겠습니까! 존경하는 대사님, 많이많이 지도해 주십시오.

사명당 저 군대 숫자, 얼마나 됩니까?

히데타다 예, 8만 명 군사입니다.

마사노부 (다가와서) 대사님, 8만 명 군대의 위용과 힘을 짐작하시겠습니까?

사명당 대단하고 장하십니다,

손문욱 (다가와서) 입으로는 화호통신을 주창하면서 이렇듯 군세를 과시하고… 우리를 협박하고자 합니까?

마사노부 하나의 군대 의식일 뿐입니다. 왜 그렇게 예민하게 받아들이는지…

손문욱 오늘은 심히 불쾌한 날이군요!

마사노부 그래요. 군세를 과시하고 사명당님과 손장군님을 협박하려 했소이다. 자, 이렇게 말씀하면 심중이 편하시겠습니까?

손문욱 잊지 마십시오. 일본의 침략으로 조선은 고통과 눈물로 신음하고 있소이다. 그럼에도 불구하고 화친을 논의코자 온 우리에게 어찌 이런 무례를 범할 수 있단 말이오?

이에야스 그만하라! 오늘은 내 아들이 군례를 행한 뜻깊은 날이다. 요 앞 청수사(淸水寺) 절에 사꾸라가 만발했어요. 거기 가서, 우린 운치나 즐기시지요?

이에야스와 사명당이 퇴장하고, 손문욱, 혜구, 마사노부, 쇼타이.

쇼타이 어느 나라든지 가슴 아프고 눈물겨운 역사는 있기 마련입니다. 지금으로부터 186년 전 조선군이 우리 일본인에게 가한 만행을 잊었소이까? 세종 임금 원년, 배 200여 척에 나눠탄 조선 수군은 쓰시마 섬을 공격해서 무고한 섬 주민을 죽이고, 수많은 재물을 불태웠어요. 그 참상이란 목불인견이었소이다!

혜구 처음부터 왜구의 노략질이 없었던들 그런 일이 가당키나 한 일입니까? 그것은 왜구의 근거지, 곧 해적떼 소굴을 소탕키 위한 '대마도 정벌'(征伐)이었습니다! 당신네는 '왜구'(倭寇)라는 이름으로, 천년 동안을 끊임없이 괴롭히고 우리나라를 노략질해 왔었습니다.

마사노부 (말을 막으며) 그보다 앞서 고려 때는 더욱 심대했습니다! 원(元)나라 몽고군의 두 번에 걸친 일본 침략은 천우신조, 때맞추어 불어 닥친 태풍 '가미카제'(神風) 덕택에 무사히 넘어갈 수가 있었어요. 고려는 원나라의 앞잡이가 돼서 호시탐탐 일본을 괴롭혔소이다. 그것이 조선이 일본에게 진 역사의 멍에이고 채무(債務)입니다. 히데요시 태합전하의 '정명향도'(征明嚮道)는 바로 이와 같은 역사의 빚을 추심하고자 함입니다. 그런데 조선은 말끝마다 '이름 없는 싸움, 명분 없는 전쟁'(無名之兵)이 다 하고 흰소리를 늘어놓고 있어요. 과거 역사 속에서 짊어진 빚 감당을 하는 것입니다!

손문욱 그럼 정유재란 때 조선인 수천 명의 귀를 베어다가 만 든 하나즈카의 '이총'(耳塚)이나 오카야마(岡山)의 '천비 총'(千鼻塚) 같은 코무덤은 무엇을 의미합니까?

마사노부 어느 전쟁에서나 전리품이라는 것이 있어요! 그런데 죽은 자의 머리가 아닌 코와 귀를 베어 전리품으로 챙긴 것은, 히데요시 전하의 대자대비하신 하명 때문 이었어요!

손문욱 그따위 엉터리 궤변이 어디 있습니까! 견강부회가 심하 군요. 억지와 궤변을 농해도 유분수지, 진실로 황당한 논리를 전개하고 있소이다.

마사노부 궤변? 누가 억지를 늘어놓는지 모르겠소이다!… (마사노 부와 쇼타이, 손문욱과 혜구, 각각 외면하고 따로 퇴장한다)

기요미즈데라(淸水寺) 절, 사꾸라꽃이 만발한 봄날.
길다랗게 대나무 홈통에서 떨어지는 생수 물줄기 ~~
사명당이 손잡이가 달린 바가지로 그 생수를 받아 시원하게 맛본다.

사명당 물맛이 달콤하고 상쾌합니다, 합하.

이에야스 많이 드세요. 그래서 절 이름이 '맑을 청' 자를 써서 '청수'(淸水), 기요미즈데라입니다. 그 청수를 받아 마시면 건강과 장수의 이치를 깨닫는다고 해요. 수많은 사람들이, 특히나 봄날에는 상춘객이 많고도 많습니다.

이에야스는 안고 있는 '원후'(猿侯)를 가볍게 쓰다듬는다.

사명당 (눈여겨보며) 원숭이를 좋아하십니까?

이에야스 허허. 애완동물이란 사람마다 취향 아니겠소?

사명당 임진왜란이 일어나기 2년 전, 학봉 김성일(鶴峯 金誠一) 어른이 통신부사로 일본에 건너와서 히데요시 관백을 알현하고 돌아서는 이렇게 보고를 했답니다. '일본의 풍신수길은 하나도 볼품없다. 그는 몸집도 작고 여위고 키도 작은 것이 꼭 작은 원숭이같이 생겼더라…' (사이)

이에야스 (호탕하게) 으, 하하하!

사명당 결례가 됐다면 송구합니다.

이에야스 아니, 아니. 꼭 맞는 말씀이에요. 우리 태합전하는 그래서 스스로를 '원후'라고 칭하셨습니다. '원숭이 원' 자에 '제후'(諸侯)라는 뜻의 후. 말하자면 '원숭이 무리의 쇼군'이라고 말이지요. 허허.

사명당 허허, '원숭이의 쇼군'이라…

이에야스 내 그렇지 않아도 송운대사에게 히데요시 태합전하의 이야기를 들려주어야겠소이다.

사명당 … ?

이에야스 그때도 이렇게 사꾸라 꽃이 만발한 춘삼월이었어요. 전

62

쟁이 막바지에 이른 무술년 그해였으니까 꼭 7년 전 일이구만. 송운대사님, (가리키며) 저쪽에 하얗게 만발한 사쿠라 꽃이 보입니까? 저기가 바로 '다이고'(醍醐)입니다. 하루는 태합전하께서 막대한 비용을 들여가면서 '화전(花煎)놀이' 잔치를 열었어요. 산들산들 훈풍이 불어오고, 청명한 날씨 속에서 벌어진 화려한 꽃놀이였지요.…

(회상) '다이고의 화전놀이'
무대 다른 쪽에, 무장한 병사들의 삼엄한 경호 속에 놀이잔치가 열린다.
늙고 병색이 짙은 히데요시(62)와 젊은 처 요도기미(淀君)가 숨박꼭질하듯 장난치며 등장한다.

요도기미 (웃음소리) 전하, 전하….

히데요시 우리 아들 히데요리는?

요도기미 놀이에 지쳤는지 곤히 잠들었습니다, 전하.

히데요시 잘 키워야 한다. 나 도요토미 히데요시를 이어 '간파쿠' 자리에 오를 귀한 아이야!

요도기미 태합전하, 명심하겠습니다.

이때 이에야스가 사무라이 차림으로 공손히 다가온다.

이에야스 태합전하, 소장이옵니다.

히데요시 어, 이에야스 쇼군, 어서 오시오.

요도기미 … (히데요시의 눈짓으로 조용히 퇴장)

이에야스 오늘은 전하께서, 어안(御顔)이 한결 좋아 보이십니다.

히데요시 고맙소. 그래요, 쇼군. 허허. 모처럼 날씨도 화창하고 꽃놀이를 나왔는데, 그것도 숨 차고 힘이 드는구만.

이에야스 태합전하, 심신을 챙기시고 부디 자중자애하소서! (사이)

히데요시 도쿠가와 이에야스?

이에야스 예, 하명하십시오. (한쪽 무릎을 꿇고 부장의 예를 갖춘다)

히데요시 '조센노 에키' 전황은 어떻게 돌아갑니까? 근간에…

이에야스 각각 쇼군 진영마다 악전고투를 면치 못하고 있는가 합니다. 가토 기요마사는 울산성에 처박혀 있고, 고니시 유키나가와 시마즈 요시히로(島津義弘) 등은 전라도 순천 방면에서 고전중이구요. 우리 일본 수군은 이번에도 크게 참패를 맛보았습니다. 지난번 '분로쿠(文祿)노 에키(役)' 때 한산섬 해전에서 당했던 것처럼, 이번에는 또 '명량해전'(鳴梁海戰)에서 무참히 깨지고 말았습니다. 우리의 전함 130여 척이 불과 조선 전함 열세 척에게 말씀입니다.

히데요시 … (자지러지게, 심한 기침을 한다)

이에야스 그 이순신이란 장수는 명장일시 분명합니다.

히데요시 (책망하듯 큰소리로 다그쳐) 그렇다고 7년 동안이나 조선의 항복을 받지 못한다는 말입니까?

이에야스 태합전하, 조선왕조는 결코 작은 나라가 아닙니다. 동쪽을 찌르면 서쪽을 지키고 왼쪽을 치면 오른쪽에서 모여드니, 설령 10년 기한으로 싸운다 해도 그 승패를 기약할 수 없는 일인가 합니다.…

히데요시 (콜록콜록) … 그, 그렇다면 이 일을 어찌 한다? 다시금 재차 휴전을 논의하고, 강화를 시도해 봐?

이에야스 (감동하여) 태합전하, 황공하옵니다. 만약 전하께서 그렇게 결단하신다면 온 신민(臣民)과 나라를 위해서도 다행한 일인 줄로 아룁니다. 통촉하소서, 합하!

히데요시 (고통을 참으며) 그건 그렇고…

이에야스에게 가까이 오라고 힘없는 손짓. 일어나서 다가가는 이에야스.

히데요시 지금 나의 병마는 나날이 깊어가고 있어요. 아무래도 오래 가지 못할 조짐이야. (숨을 잠시 추스르고) 나의 이에야스 매부(妹夫)님?

이에야스 (놀래서, 서너 걸음 물러나며) 뜬금없이, '매부님'라니 어인 뜻입니까?

히데요시 내 누이의 남편이니 '매부' 아닙니까! 헤헤. 언제나 나는 당신님한테 마음의 큰빚을 지고 있어요. 그대의 큰아들 노부야스(信康)와 본마누라가 내 앞에서 죽게 된 비운(悲運) 하며, 나의 늙어 빠진 이혼녀 누이동생을 그대가 주저 없이 자기의 새 마누라 정처(正妻)로서 맞이해준 사건 등등… (심한 기침, 콜록콜록)

이에야스 태합전하, 새삼스럽게 무슨…

히데요시 (그의 앞에, 무너지듯 무릎 꿇고 끌어잡으며) 이에야스 쇼군님, 부탁이에요. 나 히데요시 가문의 후사를 잘 부탁합니다! 저 철부지 어린것 히데요리 모자(母子)를 말입니다.…

이에야스 … (말없이 그를 부축해 일으켜 세운다. 사이)

히데요시 (더듬더듬) 마에다 도시이에(前田利家)와 우키다 히데이에 쇼군에게도 부촉했어요. 그러니까 전에도 말씀했다시피, 다섯 명의 '고다이로'(五大老)들이 서로서로 뜻을 같이하고, 함께함께 의논해 가면서…

이에야스 마침내 히데요시 태합께서는 그해 8월 18일, 62세를 일기로 파란 많은 일생을 마감했습니다. 7년대전의 끝 미무리를 보지도 못한 채. 향년 예순둘이면 지금의 내 나이와 똑같아요… 이후, 우리 다섯 명의 '고다이로'는 논의를 거듭한 끝에 전쟁을 끝내기로 결정하고, 밀사를 조선에 파견, 히데요시의 죽음을 극비밀로 한 채 '철군령'(撤軍領)을 내렸던 것이올시다.

히데요시, 쓰러질 듯 아슬아슬하게 사쿠라 꽃밭을 걷는다.
그는 한쪽 구석으로 가서 주저앉으며 조용히 운명한다.

이에야스 나는 전쟁보다는 화평을 선택했어요.

두 사람 … (히데요시의 죽음을 처연히 바라본다)

이에야스 도요토미 히데요시는 일본 역사상 일세의 영웅이기도

하지만, 끝없는 야망과 헛된 꿈으로 결국 좌절하고 말았지요. 태합전하는 임종에 이르러서야 그것을 깨달은 것입니다!…

히데요시 "이슬처럼 떨어지고 이슬처럼 사라지는 덧 없는 목숨이여,

오사카에서의 일들이 한낱 꿈처럼 덧없구나!…"

(絕命詩)

제 9 장

혼포지(本法寺) 법당, 극락왕생을 기원하는 천도법회
사명당과 혜구스님, 히데야스(德川秀康), 하야시 라잔(林羅山),
원이(圓耳)스님, 도모마사 등이 다른 일본 승려들과 함께 불공
드리고 있다.
염불과 목탁의 크고 장엄한 소리, 한동안 길게~~
부처님 전에 큰절 올리고 물러난다.
사명당이 절방으로 나와 좌정하자, 히데야스와 라잔이 큰절 3
배를 올리고 꿇어앉는다.

사명당　(두 젊은이에게) 히데야스님과 라잔님은 같은 사문(沙門)
　　　　이신가?

도모마사　아닙니다. 하야시 라잔은 겐닌지(建仁寺) 절의 선승이
　　　　고, 히데야스님은 사문이 아니 옳습니다. 아까도 귀띔
　　　　해 올렸습니다만 히데야스님은 우리 이에야스 합하의
　　　　영식이옵고, 어제 군대를 지휘하신 세이이타이쇼군 히
　　　　데타다님의 둘째형님이십니다.

사명당　그런데 왜 히데야스님은 유독히 '낙발염의'(落髮染衣)
　　　　를? 중같이 머리털 빡빡 깎고 먹물 옷을 갖춰입고.

히데야스　소생은 부처님을 따르는 불자로서, 다만 선학(禪學)을
　　　　공부하고자 할 뿐입니다, 대사님.

사명당　선학이라면, 교종(敎宗)이 아닌 선종(禪宗)에 관한 불법을 말함인가? 부처님 말씀이 교종이며, 부처님 마음씨가 선종이지 그게 별것인가! 허허. (탁자 위의 서책을 펼쳐본다)

도모마사　히데야스님과 라잔 스님이 간곡하게 원하는 바람에 소승이 이렇게 모시고 왔습지요.

라 잔　소승은 겨우 스물두 살이옵고, 히데야스님도 엇비슷합니다.

사명당　허허. 그러니까 이 〈사서오경 왜훈〉(四書五經倭訓)으로 말하면, 일본에 잡혀왔던 조선의 유학자들이 손수 베껴서 서책을 만들어 주었고, 그리하여 처음으로 주자학(朱子學)을 가르치기 시작했다는 것인가?

혜 구　그렇습니다, 은사스님. 일본에서 주자학이란 학문은 바로 그 책이 첫 번째 입문서인 모양입니다. 여기 라잔 스님의 은사 후지와라 세이카(藤原惺窩) 선생이 지은 것인데, 수은당 강항 선비가 모든 것을 지도하고 가르쳤노라는 말씀입니다. 그와 같은 학문적 은혜에 대한 감사와 보답의 뜻으로 세이카 선생이 마련해준 배 한 척 때문에, 수은당 일행이 조선으로 귀국, 무사히 환향할 수가 있었다는군요.

사명당　그런데 불제자로서 주자학 공부에 심취하는 것은 잘못된 일이지!

히데야스　그것은 아버님이 내리신 영이옵니다.

사명당　이에야스 합하께서?

히데야스 예, 큰스님. 지금 아버님이 계시는 순푸에는 강항 선생이 손수 만든 '스루가문고'(駿河文庫)라는 자료관이 있는데, 그것을 라잔 스님이 관리하며 공부하고 있습지요. 그런데 하루는 아버님께서 "라잔은 주자학을 공부하여라. 머리털은 그냥 중처럼 깎고 옛날처럼 생활해도 가하니라!" 라고 영을 내리셨습니다.

라 잔 그렇습니다. 세이카 스승님도 승려의 몸이신데 주자학을 연구하고 계십니다.

사명당 (혼잣말로) 새로운 학문인 주자학을 젊은이들에게 가르친다. 칼끝[武]이 아닌 붓끝[文]으로! 장차 나라를 학문의 길로 인도하겠다는 원대한 포부 아닌가!

원 이 (속삭이듯) 존경하는 히데야스님! 소인은 저쪽 길 하나를 사이에 두고 있는 고우쇼지(興聖寺) 절의 주지승입니다. 이름은 '원이'(圓耳)구요. 송운대사께서는 소승을 제자로 받아주시고는 소승의 자(字)를 '허응'(虛應), 법호는 '무염'(無染)이라고 작명하셨습니다. 또한 불초 소승에게도 많은 휘호를 내리셨습니다.

히데야스 (머리를 조아리며) 사명송운대사님, 가르침을 주소서! 도가 높으신 화상 어르신의 존안을 뵈옵고, 가르침을 받고자 찾아왔습니다.

사명당, 붓을 들고 일필휘지한다. 스크린에 투사되는 시구.

사명당 "이에야스의 아들이 선학에 뜻을 두고 가르침 받기를

간절히 구하자
이것을 시로써 답하노라.

일태는 허공이오
다함이 없고
적지는 냄새도 없으며
또한 소리도 없도다.
이제 말을 듣고
어찌하여 번거롭게 묻는가?
구름은 푸른 하늘에 있고
물은 병 속에 있도다."

도모마사 (이때 시종이 달려와서 도모마사에게 귓속말) 송운대사님,
이에야스 합하께서 송운대사님을 만나고자 하명하셨습
니다. (암전)

제 10 장

니죠죠(二條城) 성의 '오히로마'(大廣間, 큰방)
사명당과 이에야스, 탁자를 가운데 두고 호젓이 마주앉아 있
다.

사명당   노장군님, 젊은 둘째아드님이 영특하고 참하게 생겼더
군요.

이에야스 우리 히데야스에게 송운대사님이 선시(禪詩)를 한 수 가
르치셨다고? 고맙소이다. 셋째아들 히데타다는 다이쇼
군이 돼서 그런지 '사무라이'를 숭상하는 편인데, 둘째
놈 히데야스는 그렇지를 못해요. 조용히 절간에서 명상
하고, 서책을 탐독하거나 붓글씨 쓰기를 즐기고…

사명당   소승은 그 젊은이들에게서 장래의 어떤 희망을 보는 듯
했습니다.

이에야스 무슨 뜻입니까?

사명당   주자학의 본령이란 것이 효, 제, 충, 신(孝悌忠信) 아닌가
요? 부모에게 효도하고, 형제간에 우애하고, 나라와 임
금에게 충성하고, 이웃사람한테는 믿음과 의리를 지키
는…

이에야스 그래요? 허허.

사명당   문득 소승은 깨달은 바가 있었습니다. 장차 일본국이

나아가야 할 올바른 진로와 방향타가 어디쯤에 있는가를. 합하께서는, 일본이 장차 발전해야 할 원대한 꿈과 희망의 바른길(正道)을 확고하게 정해 놓았구나 하고.

이에야스 허허. 대사께서는 시방 이 몸을 희롱하시는 게요?

사명당 고금(古今)의 역사를 훑어보면, 새로이 등장한 왕조와 세력은 그 안정과 권위 속에서 무궁한 발전을 희구하는 법이지요. 그렇게 하기 위해서는 칼이 아니고 반드시 붓이 있어야 하는 법. 나라의 충신을 높이 떠받들고, 효자 열녀를 널리 현창하는 등등 문치(文治)로써 말씀입니다.

이에야스 대사께서는 필시 정치가가 되었어야 했을 듯 싶소이다 그려!

사명당 한 나라의 장래와 희망은 젊은이들에게 있는 법. 그런 뜻에서 보면, 일본이 나아가야 할 올바른 미래를 합하께서는 꿰뚫어보고 계십니다. 이 늙은 중의 판단이 아니 그렇습니까?

이에야스 … (자리에서 일어나 밖으로 나온다. 이윽고) 우리 일본의 지난 백년간은 살육의 시대였어요. 자나깨나 칼, 해가 떠도 칼, 낮에도 칼, 밤중에도 칼! 오랜 기간 동안을 칼끝에서 살아왔지요. 사무라이와 칼만 숭상하면서 칼끝 속에서 태어나고, 칼끝 속에서 죽어가고… 온 나라와 신민이 피폐할 대로 피폐해졌으며, 땅 덩어리는 '다이묘'(大名)를 쫓아 사분오열, 찢겨질 대로 찢겨져 있었어요. (사이) 그러므로 시제 도쿠가와 막부가 해야 할 일은 일본의 모든 문물을 한데 뭉쳐서 튼튼하고 힘 있는 국

력을 양성하는 길입니다. 앞으로 2백 년 3백 년 세월을
면면히 계승할 수 있도록 말입니다. 송운대사 말마따나
그러려면 칼끝만으로는 불가능합니다. 칼이 아닌 붓,
학문과 문화! 수많은 책들을 찍어내고, 도자기를 만들
고, 의료기술을 발달시키고, '센노리큐 다도'(千利休 茶
道)를 보급하고, 주자학을 발전시키고, 조용히 무릎 꿇
고 정좌하여 '옷짜'(茶)를 음미하는 것은 마치 깊은 산
골에서 평화롭고 깨끗한 분위기를 맛보는 셈이지요. 하
여, 신민들의 불안정한 마음을 가라앉히고, 또한 거칠
대로 거칠어진 '사무라이'(武士) 정신과 정서를 부드럽
게 순화시키고 말씀입니다…

사명당 … (마음속으로 크게 놀라며, 자리에서 일어난다)

이에야스 그것이 우리나라 일본이 먼 장래에 있어, 앞으로 걸어
가야 할 길입니다! (사이)

그러자, 숲속에서 소쩍새(杜鵑)의 울음소리가 들려온다.

사명당 세 명의 일본 영웅에 관한 얘기를 나는 이렇게 들었습
니다. (소쩍새를 가리키며) 저 소쩍새가 울음을 울지 않고
있으면 오다 노부나가(織田信長)는 그 새를 죽여 버리고,
히데요시(豊臣秀吉)는 소쩍새를 울게 만들고, 이에야스
(德川家康)는 저 소쩍새가 울 때까지 때를 기다린다!

이에야스 하하하. 사명송운대사는 우리나라에 관해서 모르는 것
이 없구만! 그래요. 나 도쿠가와 이에야스는 소쩍새가

올 때까지, 때를 기다립니다. 그래서 사명당님을 만나고자, 전쟁도 끝나고 지난 6년간을 기다린 것 아니겠소?

사명당, 한 손으로 허공중에서 새 한 마리를 잡은 시늉을 한다.

사명당 합하 어른, 손 안에 있는 새를 내가 죽이겠습니까? 날려 보내겠습니까?

이에야스 (웃으며) 에이, 내가 답변할 수 없어요! 새를 내가 죽이겠다고 말하면 새를 날려 보낼 것이고, 새를 살리겠다고 말하면 그대가 죽여 버리고 말걸?

사명당 지당하신 말씀. '일체유심조'(一切唯心造)라, 사람의 마음먹기에 딸린 것이지!

이에야스 그렇고말고, 하하. (두 사람, 크게 웃는다. 침묵)

사명당 소승은 그만 이제는, 고국으로 돌아갈까 합니다. 너무 많은 시간을 지체했습니다.

이에야스 3월 중순도 넘었으니까, 어느새 벌써 3개월이나 됐구려.

사명당 돌아가서는, 소승이 눈으로 직접 보고 귀로 듣고 생각한 바를 나라님께 복명할까 합니다. 곧이곧대로…

이에야스 나는 아직은 사명당 제안에 가타부타 말씀이 없는데, 대사님께선 귀국하신다?

사명당 태합전하의 원대한 포부와 야망을 알았으니까 그것으로 족합니다.

이에야스 일본과 조선 사이에 진정한 화해와 선린우호가 가능하다고 보십니까?

사명당   일본측이 진심으로 사과한다는 조건이라면 가능하고 말고입니다. 그리하면 우리 조선도 따뜻이 용서 화해하고, 두 손을 맞잡고 함께 걸어갈 것입니다. 역사의 죽백(竹帛)에 진실을 기록하고, 과오를 다시는 되풀이하지 말자! 지난 과거사의 상채기와 고통을 치유하는 길은 역사적 사실을 보존하고 기억하는 것. 그것들을 잊어버리고, 결단코 망각하지 않는 것입니다. 그래야만 죽은 역사가 아닌 살아있는 역사가 되는 것이지요. 전사불망 후사지사(前事不忘 後事之師), 과거는 잊지 말고, 미래의 스승으로 삼는다! 저- 중국 사마천(司馬遷)의 〈사기〉(史記), 우리나라 고려시절에 석일연(釋一然) 큰스님이 지은 〈삼국유사〉(三國遺事), 당신님 나라 일본의 〈서기〉(書記) 같은 사책(史冊)은 그래서 존재하는 것입니다. 대장군 합하, 늙은 소승의 말뜻을 해독하시겠습니까? (목이 멘다)

도쿠가와   아암, 알아요. 알고 있음이야! 송운대사님, 좀 걸읍시다.

그들, 말없이 서로 떨어져서 걷는다.
시나브로 밤안개가 짙게 내린다.

이에야스   (불쑥) 알고 보니까, 사명당은 갑진생 용띠, 나는 임인생 호랑이. 내가 두 살 더 살았더이다.

사명당   허허, '용호상박'(龍虎相博)이군요.

이에야스   용과 호랑이가 대판 싸움질을 한다? 누가 이기겠습니까, 그럼?

사명당 누구도 그 싸움을 본 적이 없을 테니 아무도 모르는 일
이지요!

이에야스 하하하. 어쨌거나 사명당은 나의 아우님인 게요.

사명당 그렇다면 내가, '성님─' 하고 한번 불러볼까요?

이에야스 아냐, 아냐! 굳이 싫어한다면 그럴 것까지 없어요…

이에야스, 사명당 계속 걷는다.

사명당 이 짙은 안개만 아니라면 '달 구경하기' 좋았을 뻔했습
니다.

이에야스 그러게 말요. 아, 하나 물어볼 게 있소이다.

사명당 … ?

이에야스 사명당 아우님의 그 '설보화상' 소문은 사실입니까?

사명당 허허허.

이에야스 왜, 웃소?

사명당 사실이냐, 아닌가가 대수겠습니까? 저잣거리 여항(閭
巷)에서 떠도는 우스갯소리인가 합니다.

이에야스 '기요마사 니놈의 모가지가 우리 조선의 보물이다!' 면
전에서 호통을 쳤다고?

사명당 호통은, 무슨? 허허. 가토 장군은 '대인'(大人)인가 합니
다. 서른 살 안팎의 새파랗게 젊은 사무라이(武士)가 '용
맹'을 크게 떨쳤어요. 반대로 우리 조선 백성에게는 악
명이 높았지만.

이에야스 그야 나에게 충신열사는 상대방에겐 역적이니까. 허허…

그들, 산보하듯 계속 걷는다.

이에야스 우리도 '전설' 한 가지 만들어내면 어떨 것 같소?

사명당 예? '전설'이라니!…

이에야스 어느 달 밝은 밤중에, 도쿠가와 이에야스와 사명당 송운 대사가 남몰래 단 둘이 만났었다. 그러고는 '성님, 아우님' 하면서 서로 악수하고 다정하게 지내더니 마침내 너울너울 춤까지 한바탕 추었다더라, 하고 말입니다.

사명당 그게 무슨…?

이에야스 (장난기가 발동한 듯) 자 자, 사명당? 이에야스가 "아우님" 하고 부를 테니까 그대는 "성님" 하고 불러봐요. 우리 "아우님?"

사명당 … (말이 없다)

이에야스 어허– 얼른, 어서?

사명당 (엉거주춤) 허허, 도대체 왜 이러십니까?

이에야스 요런 답답한 인생을 봤나! 아우님은 정녕 성님의 말뜻을 못 알아듣습니까? 지금부터서 그렇게 '전설' 하나가 만들어져야만, 일조(日朝) 양국간의 화친과 수호통신 2백 년 동안을 이어갈 게 아닙니까? 달 밝은 밤에 일본과 조선 두 나라의 지도자들이 만나서, 서로서로 악수하고 웃고 춤추고 화친했다더라! 허허…

그제서야 이에야스의 심중을 알아차린 사명당.

사명당　태합전하!

이에야스　하하하…

사명당　노장군님, 진실로 만감이 교차하고, 소승 한평생의 기쁨이요 광영인가 합니다. 감사합니다!

이에야스　송운대사, 나도 고맙소이다. 대사님을 만나기 위해 교토까지 올라오기를 열백 번 잘했구나 하고 생각합니다. 삼생(三生)의 세계에서, 돌고 도는 억겁의 인연이 아니라면 그대와 내가 어찌하여 만나 볼 수 있으리오!

사명당　(숙연히, 합장하고) 나무아미타불 관세음보살! ~~

이에야스　(호령하여) 여봐라! 송운대사 일행이 조선으로 귀국한다! 각 번(番)의 쇼군에게 하명하여 조선 동포의 쇄환(송환)을 독려토록 하고, 조일간의 화친수호를 명하노라! 향후 일본과 조선은 상호불가침 하고 통신사절단을 통해 양국의 문화를 꽃피우며, 백년 천년 창성할 것이다.…

도쿠가와 이에야스, 웃음을 머금고 천천히 춤추기 시작한다.
사명당도 마주보며 따라서 춤을 춘다.
무대 위에서, 두 마리의 학처럼 그들의 춤사위가 너울너울 흩날린다. (암전)

제 11 장

쓰시마 섬의 이즈하라(嚴原) 항구.
출항을 준비하는 수십 척의 배와 천여 명의 백성들.
다른 쪽에서 쇼타이와 혜구 스님 등장.

쇼타이　그동안 긴 노정에 고생들이 많았어요, 젊은 스님.

혜 구　뭘요? 쇼타이 주지스님을 알게 돼서 좋은 인연입니다.
　　　　허허.

쇼타이　그동안 우리 일본에 체류한 기간이 얼마쯤 됩니까?

혜 구　그러고 보니까 대략 8개월 정도입니다. 작년 8월 20일
　　　　에 부산 다대포에서 배를 띄워 일본에 들어왔다가, 해
　　　　를 넘기고 이에야스 합하님과 담판하기 위해 3개월 동
　　　　안을 교토에서 보냈군요. 대장군 이에야스님을 알현하
　　　　기 위해서죠. 그러고는 교토를 뒤로 하고 또 다시 이곳
　　　　쓰시마 섬에 돌아온 것이 지난 달 4월 15일의 일이었습
　　　　니다. 그리하여 이것저것 귀국 채비를 마치고 나니까,
　　　　오늘이 벌써 5월 초닷새 날이군요.

쇼타이　부산포엔 언제쯤 닿습니까?

혜 구　지금 출항해서 바닷물이 순풍이면 오래 걸리지 않습니
　　　　다. 아마도 저녁나절 해거름이 되기 전까지는…

쇼타이　참으로 가깝고도 멀군요.

혜 구 (의미있게) 그렇습니다. 참으로, 두 나라는 가깝고도 멀고 먼 사이지요!

쇼타이 (수긍하여) 참으로, 허허허!

혜 구 저쪽에, 큰스님께서 이리 오고 계십니다. (합장하고, 바쁘게 퇴장)

사명당이 붉은 가사에 육환장(六環杖, 錫杖)을 짚고 다가온다.

쇼타이 어서 오십시오! (목례)

사명당 허허. 귀국할 배들은 문제가 없겠지요?

쇼타이 그런 점일랑 하념 놓으시지요, 허허.

사명당 (불쑥) 몇 사람이나 되겠소?

쇼타이 예? 아, 쇄환선에 승선할 조선인(被虜人)들 말씀입니까? 저희가 검색하고 있는 바로는 1천 명 정도는 넘습니다만, 생각처럼 그렇게 많은 숫자는 못되는 것 같습니다. 대사님도 아시다시피 쇄환 자체를 거절하거나 숨어 버리는 조센진도 많구요. 또 그동안 여기 일본에서 자리잡고 가정을 이룬 조센진들도 많아서, 역시 그들은 쇄환을 기피하니까요.

사명당 나무관세음보살…

쇼타이 사명대사님? 우리 태합전하 어른의 신념과 화평의지는 확고하십니다! 소승의 말씀을 믿어주십시오!

사명당 그럼, 그럼. 익히 알겠소이다.

쇼타이 젊은 도모마사가 대사님을 수행하여 부산항까지 모실

겁니다. 그리고 게이테츠 겐소 스님도 함께…

사명당 거듭 말씀이오만, 쇼타이 주지스님의 노고가 많았어요!

쇼타이 … (허리 굽혀 인사하고 뒤로 물러난다)

사명당, 가만히 서서 만감이 교차한다.
이때 혜구 스님 등장.

혜 구 은사스님, 조선 백성 두 명이 큰스님을 뵙고자 합니다요! (다시 퇴장)

등장하는 이삼평과 심당길. 사명당 앞에 무릎 꿇는다.

사명당 그래, 그대들은 왜 떠날 준비를 안하고?

이삼평 대사님, 지는 질그릇을 굽는 도공 이삼평이옵니다. 충청도 태생으로 공주 사람입니다요.

사명당 충청도라. 백마강이 있는, 부여 인근인가?

이삼평 예에. 시방은 여그서 멀지 않은 가라쓰(唐津)라는 바닷가에서 살고 있습지요.

사명당 가라쓰?

이삼평 예. 그곳에서도 질그릇 굽고 살아가는 신세입니다. 지가 무술년에 잡혀났으니 벌써 7년째입니다요. 그러다 보니께 그게…

사명당 말씀해 보시게…

이삼평   인제는 자리도 잡혀서, 그럭저럭 입에 풀칠하고 살아갈
만험니다유. 시집 장가 들어서 새끼들도 낳았고. 그란
디 인제는 또 아무 것도 없는 조선에 돌아가자고 허니
께…

사명당   그래요, 그래. 알겠다. 알아요…

이삼평   이런 와중에 일본에 오신 설보화상님의 소문은 들었고,
그래서 고민 끝에 요렇게 찾아온 것입니다. 훌륭하신
사명당대사님의 노고에 인사치례도 하고, 그러고 또 내
나라 조선 사람들의 그리운 얼굴이라도 좀 만나볼까 해
서요!…

사명당   허허허. 그 아름다운 심성이 착하고 고마운지고!

이삼평   대사님, 어리석은 쇤네들이 함께 따라가지 못함을 용서
하소서! (울먹인다)

사명당   그래애, 그래. 이 땅의 일본인들은 자네들을 가볍게 여
기지 않을 걸세. 내가 언약하지! (심당길에게) 그래 자네
도 공주 사람인가?

심당길   아니지라우. 소인놈의 이름은 심당길이라우. 지는 쩌
그— 남쪽에 가고시마(鹿兒島)에서 왔어라우. 지도 질그
릇을 굽고 살아가는 도공인디, 고향 땅은 남원성(南原
城)이구만요.

사명당   전라도의 남원 고을?

심당길   예, 사명당대사님. 남원성이 정유재란 때 함락되어 온
마을이 초토화되고 쑥대밭으로 변했지라우. 그런 와중
에 지를 포함한 80여 명의 도공들이 한꺼번에 붙잡혜

가지고 가고시마까지 끌려오게 되었습니다요. 그란
디… (머뭇거린다)

사명당 (고개를 끄덕이며) 그런데, 그러니까 그대도 역시 고국에
돌아가고픈 생각이 아직은 없다?

심당길 아닙니다, 대사님. 그런 말쌈이 아니옵고, 여그 이 사람
처럼 소인들도 인제는 여그서 불가마 짓고 그릇 만들고
살아가고 있습니다요. 그란디 그 모든 것을 한꺼번에
팽개치고 고향에 그냥 돌아갈 수 없고… 다만 설보화상
님 모습이나 우러러뵙고 고맙다는 인사말씀이라도 여
쭐까 해서 요렇게…

사명당 (그의 어깨를 다독이며) 알겠다, 알아요. 당신네의 속뜻을
짐작하겠노라. 허허. 그대들이 일본에 잡혀올 적에는
강제납치였으나 조선에 돌아가는 것은 자유의지 아니
겠나! 가면 가고, 오면 오는 것이고… 연이나 한 가지
당부드릴 말씀이 있다. 저쪽에 저— 광택사(廣澤寺) 절 마
당에 있는 소철을 기억하시게나? 그 소철나무 한 그루
는 전란중에 조선 땅에서 자네들같이 뿌리째 뽑혀서 건
너온 생나무야. 비록 남의 땅 남의 나라에 옮겨심었다
고는 해도, 조선 소철은 조선의 소철인 게야. 그러니까
조선 백성의 핏줄임을 한시도 잊지 말고, 이 땅에서 뿌
리 잘 내리고 자식새끼도 풀풀 많이많이 낳고, 부디부
디 행복하게 살아가기를 바라노라! 이 늙은 중의 서글
프고 안타까운 심중을 그대들은 알아들으시겠는가! (목
이 멘다)

모두   예, 에에. 큰스님! ~~

이삼평과 심당길, 울며 꿇어 엎드린다.
그들을 안아주는 사명당.
이때, 총총히 등장하는 손문욱.

손문욱   대사님. 출항 준비가 끝났습니다.
사명당   알겠네. (둘에게) 잘들 돌아가시게나.
이삼평   예, 스님!
심당길   예, 큰스님! (뒷걸음으로 퇴장)
손문욱   대사님. 어서 배에 오르시죠?
사명당   손 장군님, 수고 많았어요.
손문욱   대사님, 원하시던 일을 모두 마치고, 이제는 고국으로 떠나갑니다.
사명당   글쎄요. 모두 다 이루었을까?…

이때 헐레벌떡 혜구가 등장한다.

혜 구   큰스님, 큰일 났습니다. 사람들이 한 부녀자를 죽이고자 합니다. 홀몸이 아닌 임산부 여자가 배를 타면 부정 탄다면서, 지금 막…
사명당   뭣이라고?

혜구, 손문욱이 뛰어나간다.

무대 안쪽에 작은댁과 덕구, 히데코가 쫓겨나오고, 한떼의 남
자들이 뒤쫓아서 등장한다.

작은댁 (저항하여) 이 무슨 짓들입니까? 얼른 비켜요. 저리 가
세요!

덕 구 절대로 안 됩니다. 생사람을 죽이다니 말이 됩니까! 그
렇게 못해요.…

작은댁이 밀려 쓰러지고, 덕구는 세 남자들을 차례로 대항한
다.

히데꼬 한번만 살려주십시오! 용서해 주십시오. 잘못했습니다
요. 제발, 이렇게 빕니다. 제발요… (싹싹 빌며 울며 엎드
린다)

사명당 (큰 고함소리) 이놈들아! 뭐하는 짓들이냐!…

남자 1 (살기 등등하여) 사명당 대사님, 애기를 밴 아낙네가 배
타게 되면 큰일 납니다요! 배들이 부정타고 풍랑이 일
어나서, 산산조각으로 배가 깨지고 맙니다.

남자 2 그렇습니다요. 저런 부정한 여자는 바닷물 속에 처넣어
야 합니다. 그래야만 배들이 안전하고 사람도 살 수 있
습니다.

남자 3 큰스님, 그리고 더구나 저놈의 여자는 일본 쪽발이년입
니다. 사명당님, 철천지원수 쪽발이 여자 가시내라우!

사명당 그래애. 일본놈은 조선놈 죽이고, 조선놈은 일본놈 죽

86

이고. 다 죽자, 이놈들아! 내가 먼저 죽으리라!…

남자들　아이고 대사님, 살려주십쇼!

사명당　요런 어리석고 못난 인생들! 뱃속에 있는 새 생명까지, 인제는 두 목숨을 죽이겠다고? 무명중생들아, 깨우쳐라! 사해동포들이여, 깨어나라. 어서어서 깨어나. 깨어나라!… (울음을 씹으며 절규한다)

사명당이 석장을 몽둥이처럼 치켜들고 벽력같이 소리친다.
'쨍그랑!' 석장이 크게 구부러지고 쇠고리가 맞부딪치는 금속성 소리…
모두들 사명당 앞에 무릎을 꿇는다.
동시에 끼륵끼륵 갈매기떼 크게 울고, 꽉꽉 – 단말마의 원숭이 울음소리.
온 무대가 어두워지며 광풍과 노한 파도소리 일어나고, 천둥번개가 일어난다.

이윽고, 무대 위쪽에 이에야스가 '원후'를 안고 등장한다.
사명당은 휘고 구부러진 석장을 짚고 그 자리에 처연히 서 있다.

이에야스　사명송운대사, 평안히 돌아가시오! 나 이에야스는 세속의 권세를 쫓아가고, 사명당은 부처님의 자비와 보살행을 따르고 있으니 우리는 서로가 다릅니다. 기모노 차림은 여자의 옷이고 바지는 남자의 옷 아닙니까? 그대사명당은 '혼네와 다테마에'의 참뜻을 이해할 수도 없어요. 장차 시간이 흘러가고 세월이 바뀌다보면, 그러니까 4백 년 뒤에 먼 훗날에는 말씀이야. 그때 그날이 오면, 돌아가신 관백전하 도요토미 히데요시의 못다 이룬 꿈이 빛을 발휘하고, 만천하 온 세상에서 대일본의 야망은 훨훨- 비상할 수도 있는 일!…

사명당 (비분강개하여) 도쿠가와 이에야스 대장군! 나 사명당이 그대를 용서한다! 연이나 잊지는 않겠노라! 영원히 기억하면서, 대대손손 살아가야 할 것입니다. 오체투지, 그대들은 온몸 던져서 무릎을 꿇고, 반성하고 참회해야만 합니다. 진실한 사죄와 따뜻한 화해란 그와 같이 실천해야 하는 법. 이에야스 합하, 역사 속에서 '그만 끝내기'라는 종지부는 없어요. 일본의 침탈과 살륙과 만행을 기억하는 것은, 우리네 조선국뿐만 아니고 당신네 일본국의 숙제이자 가시밭 길, 형극(荊棘)이란 말씀이외다. 끊임없이 성찰하고 또 반성하고, 그러고 나서 사죄와 다짐이 있을 뿐… (동시에 암전)

이윽고, 들려오는 우렁찬 고함소리.

소 리 출항한다! 출항한다! ~~

뿔나팔과, 둥둥 둥- 크게 북소리 울려온다.

혜 구 (등장하여) 헤헤. 그렇다고 6환장(六環杖)을 거꾸로 치켜 들고 몽둥이처럼 다루시는 것은 너무하셨습니다. 석장이란 천수관음보살님의 고귀한 지물(持物) 아닌가요, 은 사스님?

사명당 나무나무관세음보살! (사이) 혜구 스님은, 이번에 쇄환하는 동포가 몇 사람인지 알고나 있남?

혜 구 애시당초 출발시에 천 3백 90명 숫자에다가, 옥동자를 하나 더하면 총인원 1천 3백 91명 아닌가요?

사명당 쇄환선 배는 몇 척?

혜 구 모두 마흔여덟, 전체가 48척인가 합니다.

사명당 옳거니!

혜 구 은사스님, 첫 숟가락에 배부를 수 있겠습니까? 해를 거듭하면서 두고두고, 조선 동포들을 더 많이 데려오도록 노력해야지요!

사명당 그럼그럼, 허허. (사이) 그건 그렇고, 한양성에 올라가서 나라님께 복명하고 나면, 그 다음번엔 어디로 간다?

혜 구 무엇보다 첫째로, 묘향산을 찾아가는 일 아닙니까? 보현사 큰절에 올라가서 청허당 큰스님 영전에 분향해야 합지요. 청허당 서산대사께서 열반하셨다는 비보를 접하고 금강산 유점사(榆岾寺)에서 묘향산으로 떠나던 길에, 천만 뜻밖에도 어명을 받잡고는 일본쪽으로 발길을 엉뚱하게 돌렸으니 말씀입니다.

사명당 (머리를 끄덕이며) 관세음보살— 너무나도 늦어져서, 큰스님께 대죄(大罪)를 범한 것 같구나! (사이) 혜구야?

혜 구　네, 은사스님!

사명당　(짐짓) 혜구스님, 자네도 고생 많았다!

혜 구　이것도 다 은사스님을 잘못 모신 탓이지요!…

사명당이 석장을 들어보이자, 혜구는 도망치듯 장난스럽게 퇴장.

사명당　간밤에 한강을 건너가는 꿈을 꾸다가 퍼뜩 잠이 깨버렸는데…

(시를 읊는다)

"한강 건너는 꿈을 꾸다가 깨어나서 짓는다
사위는 고요한데 밤은 깊어가고
밝은 달빛 아래 나뭇잎은 물가에 떨어진다
돌아가려는 마음이 간절한데
험난하다고 근심할 것 있는가
꿈길에는 총총히 한양성(洛陽)에 이르렀도다

갈기갈기 눈 같이 흰수염을
이른 아침 거울에 비쳐보니
객의 마음은 세월이 빠른 것을 놀래는데
내일은 또 봄바람을 보내는구나…"

하늘에 떠있는 흰구름과 푸른 바다에 수십 척의 쇄환 선박들.

만경창파, 순풍 속에 배들이 평화롭게 흘러간다.

갓난아기의 잠덧하는 울음과 갈매기의 한가로운 울음소리, 끼
륵끼륵~~

서서히 막 내린다.

끝.

한일역사를 묘파한 희곡문학의 업적

서 연 호 | 연극평론가, 고려대 명예교수

역사극은 현재의 역사인식을 바탕으로 과거 사실을 재창조한 예술작품이다. 역사가의 독자성이 존중되듯이, 새로운 역사적 비전의 제시라는 측면에서 극작가의 독창성도 존중된다.

노경식의 〈두 영웅〉은 조선의 사명당 유정(惟政 1544~1610, 松雲)과 일본의 도쿠가와 이에야스를 그린 역사극이다. 불교계에서 유정은 선승으로서 임진왜란과 정유재란에 승병대장으로 큰 전과를 올렸고, 특히 가토 기요마사(加藤淸正)의 적진에 네 차례나 찾아가 세 번 담판하고, 왜군 침공의 부당성을 설파하며 무리한 요구를 물리친 공로는 높이 평가되고 있다. 사명당과 동시대를 살았던 도쿠가와 이에야스(德川家康, 1542~1616)는 미카와(三河)의 다이묘(大名) 집안에서 태어나 스루가(駿河)의 다이묘 이마가와 씨(今川氏)의 인질로서 젊은 시절을 보냈고, 1600년에 세키가하라(關ヶ原) 전투에서 승리했으며, 1603년 쇼군(將軍)에 올라 에도막부(江戸幕府)를 열었다. 1614년의 겨울전투, 이듬해의 여름전투에서 승리해 도요토미 가문을 완전히 멸망시키고 도쿠가와 정권 265년의 기초를 굳건히 다져 놓은 뒤에 눈을 감았다.

〈두 영웅〉의 무대는 일본이 중심이고, 사명당은 탐적사(探敵使)로서 파견되어 그곳에서 활약하는 모습을 생생하게 그리고 있다. 말 그대로 적진을 정탐하는 역할과 함께, 전쟁 때 일본군에 강제 납치된 조선 동포들을 귀환시키기 위한 협상은 길고도 긴 여정이었다. 1604년 8월 20일에 조선을 떠난 그는 이듬해 5월 5일에 귀국해야만 했다. 대업을 이루는 데는 무려 8개월이 소요된 셈이다. 작가의 역사인식은 몇 단계의 프리즘을 관통하고 있다. 먼저 21세기 오늘날의 한일관계 위에서 시점(視點)이 출발한다. 1965년에 한일국교가 정상화되었다고 하지만 50년이 지난 현재에도 식민잔재의 청산은 요원하다. 일본 식민지의 과거 역사교과서 문제, 독도 섬의 영유권, '일본군 위안부'의 성노예 등등 '잔재청산'이 이루어지지 않은 상태에서 우리는 지금 그들과 갈등하고 있다. 둘째 단계는 1604년의 현실에서 사명당이 바라본 시점이다. 임진·정유 전쟁이 끝난 지 6년이 지났건만 물질적 피해와 정신적·심리적 상처는 너무 처절하고 아프고 괴로운 것이었다. 이런 상황에서 그는 승려의 신분으로 '상처의 치유와 해결'을 위해 목숨 걸고 장도에 나선 것이다. 셋째 단계는 1592년 도요토미 히데요시가 조선침략을 일으킨 시점. 그의 무모한 정치적 야망과 침략전쟁이 야기한 양국의 피해상황과 상실을 일깨우고 있다. 넷째 단계는 아시카가 요시미쓰(足利義滿, 1358~1408)가 조선국(朝鮮國)과 교린(交隣)한 시점이다. 그는 무로마치막부(室町幕府)의 제3

대 장군으로서, 조선시대 초기에 160년 동안의 양국평화를 이룩한 인물이다. 작가는 과거 요시미쓰의 교린정책을 그들에게 상기, 강조시킴으로써 도쿠가와막부(德川幕府)의 대조선 화호통신을 강력히 권유했던 것이다.

이 작품에는 두 영웅시대의 한일관계가 송두리째 나타나 있다. 또한 두 영웅의 기지와 익살에 넘치는 대사를 통해 지도자로서의 속내와 국가적인 입장을 넌지시 표현한 것이 장점이다. 〈두 영웅〉은 시적인 문체와 일상적인 대화체가 조화되고, 조일간의 7년전쟁을 총체적으로 부각시켰으며, 두 영웅의 인간관과 국가관을 통해 역사적인 현실과 미래를 투시한 점에서 문제작이라 할 수 있다. 한일관계를 이처럼 사실적으로 첨예하게 취급한 희곡작품으로는 최초의 업적이라 할 만하다. 4백 매가 넘는 총 16장의 방대한 분량을 1백여 분의 공연시간으로 축약하였다고 하니까, 그 연극적 성취와 귀착점이 매우 궁금하다고 하지 않을 수 없겠다.

한국 리얼리즘 연극의 대표작가

유 민 영 | 연극사학자, 서울예술대 석좌교수

우리 희곡사나 연극사를 되돌아보면, 대략 10년 주기로 주역들이 바뀌고 따라서 역사도 변해왔다는 점을 발견하게 된다. 1930년대의 유치진을 시작으로 하여 1940년대의 함세덕 오영진, 1950년대의 차범석 하유상, 그리고 1960년대의 노경식 이재현 윤조병 윤대성 등으로 이어지는 정통극, 이를테면 리얼리즘 희곡의 맥이 형성되었음을 알 수 있겠다. 그렇게 볼 때, 노경식이야말로 제4세대의 적자(嫡子)로서 우뚝 서는 대표적 작가라고 평가하지 않을 수 없다.

노경식의 데뷔작 〈철새〉(1965)에서부터 초기의 단막물 〈반달〉(月出)과 〈격랑〉(激浪)에서 보면 그는 대도시의 뿌리 뽑힌 서민들이나 6.25전쟁의 짓밟힌 연약한 인간군상을 묘사함으로써, 그의 첫 번째 주제는 중심사회에서 밀려나 초라하게 살아가는 민초에 대한 연민과, 따뜻한 그의 인간애가 작품 속에 듬뿍 넘쳐난다. 두 번째는 역사에 대한 성찰이라고 할 수 있겠는데, 권력층의 무능과 부패로 인한 민초들의 고초와 역경을 묘사한 작품군(群)이다. 그의 작품들 중 대종을 이루고 있는 사극의 시대배경은 삼국시대부터 고려시대 조선시대, 그리고 근현대까지 광범위하다. 삼국시대에는 주로 설화를 배경으로 서정적 작품을 썼고, 조선시대부터 정치권력의 무능에 포커스를 맞추더니 근대 이후로는 민초들의 저항을 작품기조로 삼기 시작했다. 그런 기조는 현대의 동족상잔과 군사독재 비판으로까지 확대되었다. 세 번째로는 고승들의 인생과 심원한 불교의 힘에 따른 국난극복의 과정을 리얼하게 묘파한 〈두 영웅〉과 같은 작품들이다. 네 번째로는 그의 장기(長技)라 할 애향심과 토속주의라고 말할 수가 있을 것이다. 〈달집〉〈소작지〉〈정읍사〉 등으로 대표되는 그의 로컬리즘은 짙은 향토애와 함께 남도의 서정이 묻어나는 구수한 방언이 질펀하게 드러난다.

그러나 무엇보다도 그가 돋보이는 부분은 리얼리즘이라는 일관된 문학사조를 견지하고 있다는 분명한 사실이다. 대부분의 많은 작가들은 시대가 바뀌고 감각이 변하면 그에 편승해서 작품기조를 칠면조처럼 바꾸는 것이 상례이다. 그러나 노경식은 우직할 정도로 자신이 신봉해 온 리얼리즘을 금과옥조처럼 고수하고 있는 것이다. 물론 그 역시 뮤지컬 드라마 〈징게맹개 너른들〉에서 외도한 것처럼 보였지만 그 작품도 자세히 살펴보면 묘사방식은 지극히 사실적임을 알 수가 있다. 그가 우리나라 희곡계의 제4세대의 대표주자로서 군림하고 있는 이유도 바로 그런 고집스런 작가정신에 따른 것이라고 말할 수 있다.

극작가 노경식의 등단50년을 기념하는 이 자리를 보면서 나는 기분 좋은 얘기를 하나 접하고 있다. 내일모레 80고개를 넘어야 할 나이에 노익장을 과시하려는 듯 장막극 〈봄꿈〉(春夢)을 얼마 전에 탈고하였다는 기쁜 소식. 더구나 그는 1960년의 4.19세대로서, 그가 직접 경험하고 실천했던 4.19혁명을 소재로 한 신작이라니까 자못 기대되는 바 크다. 그의 신작이 어서 빨리 연극무대에 오를 그날을 손꼽아 기다리는 바이다.

"한국연극사의 기념비적 공연이며 금자탑이다"

1)

사명대사와 도쿠가와 이에야스. 연극 〈두 영웅〉으로 살아난 역사 속의 두 인물은 오늘의 한일관계에 묵직하고도 실사구시적인 교훈을 안겨주었다. 어제 아르코예술극장 대극장. 올해 등단 50주년을 맞은 노경식 작가 축하모임을 겸한 기념공연에는 원로 중진을 비롯해 전국 지역 연극인들까지 참석해 연극인 큰잔치를 이루었다. 역사연극. 역사적 사실을 주제로 한 연극은 자칫 딱딱하기 십상이다. 임진왜란 후 사명대사가 일본에 건너가 도쿠가와 이에야스와 통 큰 외교담판을 벌여 선린관계를 회복하고 조선인 포로송환은 물론 조선통신사로 교류의 장을 연 장황한 스토리지만 귀에 쏙쏙 들어왔다. 배우들이 좋은 연기를 펼쳤기 때문이다. 그중에도 사명대사 역의 오영수의 명연이 단연 돋보였다. 승려의 신분으로 일본의 실세를 만나 실리와 명분을 거둬오는 지난한 연기를 그는 능란한 화술과 당당한 풍모로 완벽에 가깝게 해냈다. 노경식의 희곡이 오영수를 두고 씌여졌다고 할만큼 적역 중의 적

역이었고, 오 배우 또한 물 만난 고기처럼 생동하는 기운으로 무대를 누볐다. 외유내강에 지적이면서 자긍심과 국익을 챙기는 실리외교의 표본 같은 오영수의 사명대사는 연극사에 남을 연기였고 오늘의 외교관들이 본받을 만했다. 도쿠가와 역의 김종구도 국립극단 배우의 저력을 유감없이 발휘했다. 오래 연극동네에 살았지만 이번 공연은 뜻 깊고 무엇보다 아름다운 표상이었다. 〈달집〉으로 한국리얼리즘연극의 진수를 보여준 극작가 노경식의 등단 50주년을 기념하기 위해 연극인들이 적극 동참, 한일역사를 재조명하고 우리의 자긍심을 높여주는 무대를 완성해냈기 때문이다. 남일우 권성덕 두 원로 배우가 우정출연했고 김도훈 김성노 이우천 연출에 이인철 이호성 고동업 최승일 등의 연기가 빛나 활기 있는 무대를 보여주었다. 역사극의 필요성을 강조하기 위해 김의경선생님과 함께 한국역사연극원을 발족했는데 이번 〈두 영웅〉은 역사를 조명해 오늘의 교훈을 얻는 역사극의 사명을 충실히 해냈고 무엇보다 연극계의 아름다운 화음을 보여주었다는 점에서 의미가 깊었다. (※정중헌 대기자 '페이스북'에서)

2)

〈조선일보〉 – [연극 리뷰]

우직한 正統 사극… 묵직한 감동 주다

유석재 기자 | 2016/02/24 03:00

일본의 권력자 도쿠가와 이에야스(德川家康)의 처소를 방문한 사명당이 새장 속 새를 가리키며 묻는다. "이 새가 죽겠습니까, 살겠습니까?" 도쿠가와가 어이없다는 듯 "그거야 내 새니까 내 마음대로지…"라고 말하다 문득 눈을 크게 뜬다. "아, 내 마음먹기에 달렸다는 뜻이군요!" 사명당이 말을 잇는다. "일본이 진심으로 과오를 사과해야 양국 간 화해가 가능할 것입니다."

조미료를 가득 친 식당 밥에 길들여진 사람이 어쩌다 고향 밥상 앞에 앉으면 어색한 기분이 들게 마련이다. 극작가 노경식의 등단 50주년을 기념하는 연극 〈두 영웅〉은 역사물이 당연히 '퓨전'이어야 하는 것처럼 돼 버린 공연계에서 오랜만에 만나는 '정통(正統) 사극'이다. 무대와 의상은 예스러웠고, 연대기(年代記)에 가까운 극 진행은 느렸으며, 배우들의 대사는 현대 억양과 거리가 멀었다. '나변(那邊·어느 곳)' '연(然)이나(그러나)' 같은 고풍스러운 단어가 불쑥 튀어나오는 것도 오히려 독특했다.

하지만 이 같은 우직함은 뜻밖의 감동으로 이어진다. 연극은 임진왜란 종전 6년 뒤인 1604년 사명당 유정(惟政)이 대일강화사신으로 일본을 방문해 도쿠가와를 설득하고 조선 포로들과 함께 귀국한 역사적 사실의 뼈대를 바꾸지 않은 채 그 위에 차곡차곡 살을 붙인다. "역사 속에서 '그만 끝내기'라는 종지부는 없다" "일본의 침탈과 살육과 만행을 기억하는 것은 우리뿐 아니라 당신네의 영원한 책무이자 가시밭길"이라는 사명당의 준엄한 대사는 그대로 21세기 현재 일본을 향한 꾸짖음이 된다.

'노승 전문 배우'라는 별명까지 지닌 사명당 역의 오영수는 품위와 여유, 유머를 함께 갖춘 고승의 역할을 훌륭하게 소화했다. 마지막 장면에서 일본 여인을 바다에 빠뜨리려는 동포들에게 "이 어리석은 중생들아!"라며 추상같이 꾸짖을 땐 객석에 찬물을 끼얹은 듯했다. 쩌렁쩌렁한 발성으로 노회한 정치가의 모습을 표현한 도쿠가와 역 김종구와의 기(氣) 싸움도 볼만했다.

3)

노 선생님. 한국연극사에 남을 기념비적인 공연을 남기셨습니다. 노 선생님의 역사를 보는 높은 안목과 식견, 연극동네에서 쌓아온 인덕, 연극인들의 열정이 만들어낸 금자탑이라고 생각합니다. 막공을 축하드립니다. (※정중헌 대기자의 댓글)

4)
역사극 〈두 영웅〉 홍보 16

지난 두 달 동안의 大長征의 연극공연이 끝났다. '한국연극사의 기념비적 공연이며 금자탑'이라는 과분한 평가를 받으며 대단원의 幕이 내린 것~~

막공의 피날레 끝날에는 많은 연극계 원로님들이 참석하여 칭찬과 격려를 아끼지 않았다. 임영웅 임권택 이태주 이종덕 이순재 이길융 심양홍 전국환 정중헌 허성윤 조원석 허순자 김철리 이종한 김광보 류근혜, 박진 정치가 및 연극협회 새 이사장 정대경 님 등등.

감사합니다, 감사합니다!! (※노경식의 페이스북에서)

5)
제목: 노경식형 모처럼 역사에 남을…

노경식형, 모처럼 역사에 남을 작품을 만들어 저의 마음 흡족합니다.

차범석 어른께서 축하글을 천사님을 통하여 보내주실 것입니다. 축하!!

그리고 무대에서 찍은 기념사진 보내주시면 고맙겠습니다. 이종덕 올림. (※이종덕 단국대 문화예술대학원장)

6)
[글] 문화뉴스 박정기 (한국희곡창작워크숍 대표)

pjg5134@munhwanews.com

한국을 대표하는 관록의 공연평론가이자 극작가 · 연출가

[문화뉴스] 노경식(1938~) 작가는 1936년 전북 남원에서 태어남. 1950년 남원용성국교(41회) 및 1957년 남원용성중(3회)을 거

쳐 남원농고(18회, 남원용성고교의 전신)졸업. 1962년 경희대학교 경제학과(10회)를 졸업하고 드라마센터 演劇아카데미 수료.1965년 서울신문 신춘문예 희곡〈철새〉당선.

한국연극협회 한국문인협회 민족문학작가회의 회원 및 이사. 한국 펜클럽 ITI한국본부 한국희곡작가협회 회원. 서울연극제 전국연극제 근로자문화예술제 전국대학연극제 전국청소년 연극제 등 심사위원. 추계예술대학 재능대학(인천) 국민대 문예창작대학원 강사 및 〈한국연극〉지 편집위원.' 남북연극교류위원장' 등 역임.

주요수상 백상예술대상 희곡상, 한국연극예술상(1983), 서울연극제대상(1985), 동아연극상 작품상(1999), 대산문학상(희곡) 수상(2003), 동랑유치진 연극상 수상(2005), 한국희곡문학상 대상(한국희곡작가협회)(2006), 서울시문화상 수상(2009), 한국예총예술문화상 대상(연극)(2015), 한국연극협회 자랑스러운 연극인상 등을 수상했다.

2004년~2012년 『노경식희곡집』(전7권), 연극과인간 / 2004년 프랑스희곡집 『Un pays aussi lointain que le ciel』(「하늘만큼 먼 나라」외) / 2011년 『韓國現代戲曲集 5』(일본어번역 「달집」게재), 日韓演劇交流센터 / 2013년 『압록강 이뿌콰를 아십니까』(노경식 산문집), 도서출판 同行 / 2013년 『구술 예술사 노경식』, 국립예술자료원 / 역사소설 『무학대사』(상하 2권) 『사명대사』(상중하 3권) 『신돈』, 문원북.

공연작품으로는 1971년 〈달집〉 국립극단 · 명동국립극장 / 1982년 〈井邑詞〉 극단 민예극장 · 문화회관대극장(아르코) / 1985년 〈하늘만큼 먼나라〉 극단 산울림 · 문화회관대극장(아르코) / 1994년 〈징게맹개 너른들〉(뮤지컬) 서울예술단 · 예술의전당 대극장 / 2005년 〈서울 가는 길〉(佛語번역극) 파리극단 '사람나무' · 대전문화예술의전당 / 2013년 〈달집〉(日語번역극) 東京극단 '新宿梁山泊' · 아르코예술극장 대극장 / 2016년 〈두 영웅〉 극단 스튜디오 반 · 아르코예술극장 대극장 외 40여 편을 발표 공연했다.

〈두 영웅〉은 노경식 작가의 등단 50주년 기념공연이다.

연출을 한 김성노는 홍익대학교, 방송통신대학교, 경기대학교 공연예술학 석사출신으로 〈리틀 말콤〉, 〈등신과 머저리〉, 〈에쿠우스〉, 〈검정고무신〉, 〈홍어〉 〈아버지〉 〈두 영웅〉 등 활발한 연출 활동을 이어오며 백상예술대상 신인 연출상, 동아 연극상 작품상, 서울연극제 연출상 등을 수상하고 '신춘문예 단막극 제', '아시아연출가전', '연출가포럼' 등 기존 사업과 더불어 '한국연극 100년 시리즈', '차세대 연출가 인큐베이팅' 등 신규 사업을 성공적으로 이끌어 오고 한국연출가협회 회장을 역임하며 서울연극협회 산악대 대장으로 활약한 건강하고 훤칠한 미남인 중견 연출가다. 현재 동양대학교 교수로 재직 중이다.

〈두 영웅〉은 사명대사(四溟大師)와 도쿠가와 이예야스(德川家康, とくがわ いえやす) 를 주인공으로 등장시켜 임진왜란(壬辰倭亂)과 정유재란(丁酉再亂) 당시 일본으로 끌려간 조선인의 귀국문제와

당시 도요토미 히데요시(豊臣秀吉) 치하의 일본막부(日本幕府)의 정치적 상황을 그려낸 역사극이다.

유정(惟政, 1544~1610)은 조선 중기의 고승, 승장(僧將)이다. 속성은 임(任), 속명은 응규(應奎), 자는 이환(離幻), 호는 송운(松雲), 당호는 사명당(泗溟堂), 별호는 종봉(鍾峯), 본관은 풍천이며, 시호는 자통홍제존자(慈通弘濟尊者)이다. 법명인 유정(惟政)보다 당호인 사명당(泗溟堂)으로 더 유명하고, 존경의 뜻을 담아 사명대사(泗溟大師)라고 부른다. 승려의 몸으로 국가의 위기에 몸소 뛰쳐나와 의승(義僧)을 이끌고 전공을 세웠으며 전후의 대일 강화조약 등 눈부신 활약은 후세 국민이 민족의식을 발현하는 데 크게 이바지하였다.

1592년(선조 25) 임진왜란 때 의병을 모집하여 순안에 가서 휴정의 휘하에 활약하였고 휴정이 늙어서 물러난 뒤 승군(僧軍)을 통솔하고 체찰사 류성룡을 따라 명나라 장수들과 협력하여 평양을 회복하고 도원수 권율과 함께 경상도 의령에 내려가 전공을 많이 세워 당상(堂上)에 올랐다. 1594년에 명나라 총병(摠兵) 유정(劉綎)과 의논하고 가토 기요마사(加藤淸正, 1562~1611)가 있는 울산 진중으로 세 번 방문하여 일본군의 동정을 살폈다. 가토 기요마사와의 문답이 희대의 명언으로 남았다. 가토가 "조선의 보배가 무엇이냐" 묻자 유정은 "조선의 보배는 조선에 없고 일본에 있다"고 했다. 의아해진 가토가 그 보배가 무엇이냐고 묻자 유정은 "지금 우리나라에서는 당신의 머리를 보배로 생각한다"라고 하였다. 가토가 놀라 찬탄을 아끼지 않았다. 이 명언은 일본에도 널리 퍼져 유정이 포로 석방을 위해 일본에 갔을 때 일본인들이 "이 사람이 보배 이야기를 했던 그 화상인가?"라고 입을 모았다고. 당시 일본에서도 유정의 이 문답이 널리 퍼졌던 모양이다. 왕의 퇴속(退俗) 권유를 거부하고, 영남에 내려가 팔공(八公)·용기(龍起)·금오(金烏) 등의 산성을 쌓고 양식과 무기를 저축한 후 인신(印信, 도장이나 관인)을 되돌리고 산으로 돌아가기를 청하였으나 허락을 얻지 못하였다. 1597년 정유재란 때 명나라 장수 마귀(麻貴)를 따라 울산의 도산(島山)에 쳐들어갔으며, 이듬해 명나라 장수 유정을 따라 순천예교(順天曳橋)에 이르러 공을 세워 종2품 가선대부(嘉善大夫) 동지중추부사(同知中樞府事)에 올랐다. 다만 이 와중에 노쇠한 스승 휴정 대신 사명당이 전국 승려들의 우두머리처럼 되자 이를 못마땅하게 본 이순신이 그를 탄핵하기도 했다.

1604년(선조 37) 국서를 받들고 일본에 가서 도쿠가와 이에야스(德川家康)를 만나 강화를 맺고, 포로 3천 5백 명을 데리고 이듬해 돌아와 가의대부(嘉義大夫)의 직위와 어마(御馬, 임금이 타던 말)를 하사받았다. 해인사에 홍제존자비(弘濟尊者碑)가 있다. 이 비석은 불교사적으로 큰 의미를 지니는데, 무려 2백년 만에 세워진 고승 비이기 때문이다. 승려의 묘비라고 할 수 있는 고승비는 태조 연간에 세워진 것을 제외하고 15,16세기 동안 단 하나도 건립되지 못 하였는데, 사명당을 기점으로 우후죽순처럼 고승비가 세워져 19세기까지 고승비 170여 개가 세워졌다. 저서로는 『사명당대사집』, 『분충서난록』이 있다.

도쿠가와 이에야스(とくがわ いえやす, 1543~1616)는 일본센고쿠・아즈모모야마 시대, 에도 시대의 사무라이이자 정치가이다. 오다 노부나가, 도요토미 히데요시와 함께 향토 삼 영걸로 불린다.

도요토미 히데요시 사망 이후 1600년 세키가하라 전투에서 동군을 지휘하였으며, 승전 이후에도 막부를 개창하여 첫 쇼군(1603~1605)이 되었다. 1605년 3남 히데타다에게 쇼군 직을 물려준 다음에도 오고쇼의 자격으로 슨푸에 머무르며 정치에 참여하였다. 사후에는 닛코 동조궁에 묻혔으며, 도쇼다이곤겐(東照大權現)이라는 시호를 얻었다.

이에야스는 마쓰라의 센류에 제시된 시에서 묘사된 것처럼 '인내의 귀재'로 평가 받는다. 이에야스는 어린 시절에 부를 여의고 여러 차례 죽음의 위기를 겪었으며, 계속 복종을 강요당해 왔다. 하지만 아즈치모모야마 시대에 히데요시에게 철저히 복종하며, 임진왜란 도중에도 영지만 지키며 신중히 대처하였다고 평가받는다. 때문에 이에야스의 삶은 일본에서 여러 소설과 책, 드라마, 영화, 연극의 소재로 활용되고 있다. 나아가 일본 사람들은 그를 늘 '일본의 10걸'로 선정하면서 존경하고 있다 반면 에도 시대 서민들 사이에서는 천하 통일의 과정에서 수단과 방법을 가리지 않았다며 '살쾡이 영감'이라는 별명으로 부르기도 하여 상반되는 평가를 가지고 있다.

이에야스가 남긴 명언을 소개하면, "사람의 일생은 무거운 짐

을 지고 먼 길을 감과 같다. 서두르지 말라. 부자유를 늘 있는 일이라 생각하면 부족함이 없다. 마음에 욕망이 일거든 곤궁할 적을 생각하라. 인내는 무사함의 기반이며, 분노는 적이라 여겨라. 이기는 것만 알고 지는 일을 모른다면 몸에 화가 미친다. 자신을 책할지언정 남을 책하지 말라. 부족함이 지나침보다 낫다."(人の一生は重荷を負て遠き道をゆくがごとし゜いそぐべからず゜不自由を常とおもへば不足なし゜こころに望おこらば困窮したる時を思ひ出すべし゜堪忍は無事長久の基゜いかりは敵とおもへ゜勝事ばかり知りて゜まくる事をしらざれば゜害其身にいたる゜おのれを責て人をせむるな゜及ばざるは過たるよりまされり.)

무대는 배경 가까이 세자 높이의 단이 좌우로 놓였을 뿐 다른 장치는 없고, 배경막에 막부 건물 오사카 성 같은 당대 일본 고성의 영상을 투사해 시대적 역사적 상황과 극적효과를 높인다. 의상 또한 고증을 거친 듯 조선병사나 서민들의 옷, 장수복식과 승려의상에서부터 그리고 당대 일본복식과 쇼군의상 등이 관객의 눈길을 끌고 장면변화에 따른 음향효과 또한 박력감을 느껴 관객을 공연에 몰입시키는 역할을 한다. 부분조명으로 장면변화에 대응하고 배경에 흩날리는 나뭇잎의 영상 역시 극적 분위기를 상승시킨다.

오영수, 김종구, 남일우, 권성덕, 이인철, 이호성, 정환금, 문경민, 고동업, 신현종, 최승일, 배상돈, 장연익, 민경록, 노석채, 조승욱, 오봄길, 장지수, 양대국, 임상현, 김대희, 김춘식, 김민진,

박소현, 이 준 등 출연자들의 호연과 열연 그리고 성격창출은 관객을 도입부터 극에 몰입시키는 역할을 하고, 극적 감상의 세계로 이끌어 간다. 오영수의 사명당(泗溟堂)과 김종구의 덕천가강(德川家康) 이인철의 풍신수길(豊臣秀吉) 역은 3인의 발군의 기량과 탁월한 성격창출에 따르는 명연으로 관객의 감상안을 부추기고 대미에 관객의 우레와 같은 갈채를 받는다. 장연익의 히로사와 역과 노석채의 혜구 역도 2인의 성격창출에 따르는 호연과 함께 기억에 남는다.

기획 이강선 문경량, 분장감독 박팔영, 분장지도교수 한지수, 분장팀 남주희 안정민 강다영 이서영 순현정 성정언, 무대감독 송훈상, 무대 민병구, 영상 황정남 장재호, 음향 김경남, 음악감독 서상완, 조명 김재억, 조명팀 오정훈 이한용 김병주 박수빈, 의상디자인 김정향, 동작지도 이광복, 그래픽디자인 아트그램, 사진 박인구, 조연출 최윤정, 인쇄 동방인쇄공사 등 제작진과 기술진의 열정과 기량이 합하여, 한국 문화예술위원회와 스튜디오 반 그리고 극단 동양레퍼토리의 노경식 작, 김도훈 예술감독, 김성노 연출, 이우천 협력연출의 〈두 영웅〉을 명화 같은 명작 역사극으로 탄생시켰다.

끝.

두영웅

사명대사 도쿠가와 이에야스를 만나다

극작가 노경식 등단 50년 기념대공연

2016. 02. 19 ~ 02. 28
아르코예술극장 대극장

평일 20시 토 18시 일 18시 월요일 쉼

노경식 작 | 김도훈 예술감독 | 김성노 연출 | 이우천 협력연출

오영수, 김종구, 남일우, 권성덕, 이인철, 이호성,
정상철, 문영금, 고동업, 신현종, 최승일, 배상돈, 정연욱, 민경록, 노석채
조승욱, 오민길, 정자수, 양대국, 임성현, 김대희, 김준석, 김민진, 박소현, 이춘

주최·주관 | 한국문화예술위원회, 스튜디오반, 극단동양레퍼토리
후원 | 문화체육관광부, 전국지역문화재단연합회, 예티카

예매 | 인터파크 ticket.interpark.com 1544, 1555
한국문화예술위원회 www.koreapac.kr 02, 3668, 0007

叛

한국 희곡 명작선 30

두 영웅

초판 1쇄 인쇄일   2019년 1월 16일
초판 1쇄 발행일   2019년 1월 25일

지 은 이   노경식
만 든 이   이정옥
만 든 곳   평민사
            서울시 은평구 수색로 340 [202호]
            전화: (02) 375-8571(代)
            팩스: (02) 375-8573
            http://blog.naver.com/pyung1976
            이메일 pyung1976@naver.com
등록번호   제251-2015-000102호
 정 가   7,000원

  ※ 이 책은 사단법인 한국극작가협회가 한국문화예술위
     2019년 제2회 극작엑스포 지원금을 받아 출간하였습니다.